四季選集

編者序

《人人讀經典》系列，此次收錄李白、李商隱、李煜、李清照等四位唐宋名家的詩詞佳作，選輯成《四李選集》。

生於盛唐時期的李白，生性狂放不羈，好遊俠、好飲酒、好作詩。他飄逸瀟灑、清新高妙的詩風，當得起「詩仙」之名，與「詩聖」杜甫並列為中國詩史上最燦爛的巨星。晚唐之際，一個充滿謎樣色彩的詩人——李商隱，創作出許多細膩閎深的詩篇。他自小孤苦，懷才不遇，一生中多只在他人幕中擔任僚吏，鬱鬱以終。李商隱的詩有濃厚的唯美浪漫色彩，「滄海月明珠有淚」正足以形容他的詩風。南唐後主李煜，做人掌國雖然失敗，詞卻是成功的。後主詞語逕直而深情沉痛，流露出一股無可言喻的滄桑沉哀，因而有「詞中之帝」的美稱。生於宋神宗年間的李清照，詞作靈秀婉麗，反映個人生活境遇的變化。早年嫵媚風流、綽約輕倩；中年以後喪夫，轉為悽惻動人、婉約深摯的風格。她是中國第一位偉大的女詞人。

本書依詩人年代先後分成四章，依序是醉夢詩仙——李白、碧海青天——李商隱、霓裳歌遍——李煜、暗香盈袖——李清照。每章先以約莫五百字簡介詩人生平，俾使讀者對其創作背景有所了解。每首詩詞均有注釋，簡明易懂。願與讀者共賞。

【目錄】

四李選集

第一章 李白 ◉西元七〇一—七六二

第二章 李商隱◉西元八一三—八五八

第三章 李煜◎西元九三七—九七八

第四章 李清照◉西元一〇八四—約一一五六年

附錄◉李清照詩文集

【第一章】

醉夢詩仙李白（西元七〇一—七六二）

李白，字太白，是西漢李廣的後代，先世居隴西成紀，李白生在碎葉，在今天的吉爾吉斯共和國附近，少時隨父遷居四川綿州昌隆縣青蓮鄉。

李白任俠尚義，輕財重施，愛讀奇書，更好劍術，他還曾到峨眉山隱居修道。李白沒有做過正式的官，卻很早就詩名滿天下。三十五歲那年，他離開四川，開始漫遊的生涯。他在湖北襄陽，和當時在那裡隱居的詩人孟浩然成了至友；他在太原，為當時還沒有出頭的郭子儀向主帥說情。他從山西往山東，又南遊江浙，在會稽遇到道士吳筠，把他薦到朝廷，他就到了長安。當時在京做太子賓客的賀知章，一見李白就稱讚他是天上謫仙人；唐明皇在金鑾殿上請他吃飯，詔賜翰林。

在長安城裡如魚得水般的李白，誰都不看在眼裡，有一回唐明皇下詔李翰林作新詞交樂隊演唱，他喝醉了，伸出腳來叫當時權宦高力士給他脫靴，請楊貴妃替他研墨，然後寫出三首有名的「清平調」。

然而李白畢竟不是池中之物，三年後他辭官了，浪跡東魯齊梁間。安史亂起，明皇逃蜀，永王李璘起兵，為肅宗所敗。李白曾在永王幕中，因此受到牽連當死，幸蒙郭子儀搭救，改流放夜郎，後又赦還。晚年投靠當塗令李陽冰，寶應元年，病死在當塗，年六十二歲。李白詩文高妙清逸，世稱詩仙，著有《李太白集》。

下終南山過斛斯山人宿置酒

暮從碧山下，山月隨人歸。
卻顧所來徑，蒼蒼橫翠微。
相攜及田家，童稚開荊扉。
綠竹入幽徑，青蘿拂行衣。
歡言得所憩，美酒聊共揮。
長歌吟松風，曲盡河星稀。
我醉君復樂，陶然共忘機。

碧山—指終南山，即秦嶺。
卻顧—回頭望。
所來徑—下山的小路。
蒼蒼—形容群山在暮色中蒼茫的樣子。
翠微—青翠的山坡，此指終南山。
田家—田野山村人家。
荊扉—荊條編成的柴門。
青蘿—攀纏在樹枝上下垂的藤蔓。
憩—休息。
揮—舉杯。
松風—古樂府琴曲名。
河星稀—河指天河。河星稀指夜已深了。
陶然—喜樂的樣子。
忘機—心無機慮，與世無爭。

月下獨酌

花間一壺酒，獨酌無相親。
舉杯邀明月，對影成三人。
月既不解飲，影徒隨我身。
暫伴月將影，行樂須及春。
我歌月徘徊，我舞影零亂。
醒時同交歡，醉後各分散。
永結無情遊，相期邈雲漢。

獨酌—獨飲。

三人—指獨酌的我、天上的明月，和我身後的影子。

將—偕。

徘徊—流連不進。

零亂—指酒中月下的影子搖動。

交歡—同歡。

無情—忘情之意。

「相期」句—相期會在高渺的天河間。

春思

燕草如碧絲，秦桑低綠枝。
當君懷歸日，是妾斷腸時。
春風不相識，何事入羅幃？

燕草—燕地的青草。燕，今河北北部、遼寧西南部一帶，是詩中女子丈夫征守的地方。

秦桑—秦地的桑樹。秦，今陝西關中一帶，是思婦所居之地。

斷腸—斷裂肝腸，以喻相思之苦。

羅帷—絲羅的簾帷。

關山月

明月出天山，蒼茫雲海間。
長風幾萬里，吹度玉門關。
漢下白登道，胡窺青海灣。
由來征戰地，不見有人還。
戍客望邊色，思歸多苦顏。
高樓當此夜，歎息未應閒。

天山—即祁連山，在今甘肅省境內。
白登—山名，在今山西大同東。漢高祖曾被匈奴圍困於此。
窺—窺伺。
青海灣—即青海湖，在今青海省境內。
戍客—守寇邊關的兵。
高樓—此代指征夫住在家中的妻子。

子夜秋歌

長安一片月，萬戶搗衣聲。
秋風吹不盡，總是玉關情。
何日平胡虜，良人罷遠征。

子夜歌—相傳晉代江南一位名叫子夜的女子所創。其所作歌，聲頗哀淒，屬於樂府吳聲曲詞。

玉關—即玉門關。

胡虜—即胡人強寇。

良人—妻稱丈夫。

金陵酒肆留別

風吹柳花滿店香，吳姬壓酒喚客嘗。
金陵子弟來相送，欲行不行各盡觴。
請君試問東流水，別意與之誰短長？

吳姬—吳地女子。
壓酒—以米釀酒，待將熟時，則壓而取之。
觴—盛酒器具。
之—指東流水。

廬山謠寄盧侍御虛舟

我本楚狂人，鳳歌笑孔丘。
手持綠玉杖，朝別黃鶴樓。
五嶽尋仙不辭遠，
一生好入名山遊。
廬山秀出南斗傍，
屏風九疊雲錦張，
影落明湖青黛光。
金闕前開二峰長，
銀河倒挂三石梁。
香爐瀑布遙相望，
迴崖沓嶂凌蒼蒼。
翠影紅霞映朝日，
鳥飛不到吳天長。
登高壯觀天地間，
大江茫茫去不還。

盧虛舟—范陽人，唐肅宗時曾任殿中侍御史。

楚狂人—指陸接輿，楚國人，佯狂不仕。

玉杖—仙人所持之杖。

五嶽—東嶽泰山，南嶽衡山，西嶽華山，北嶽恆山，中嶽嵩山。

秀—高出。

南斗—即斗宿星。

屏風九疊—形容山峰重疊，狀如屏風。

金闕—天帝所居的處所。

二峰—指香爐峰和雙劍峰。

三石梁—三座石橋。

迴崖—崖谷迴轉。

沓嶂—指水流重阻。

蒼蒼—天也。

黃雲萬里動風色，白波九道流雪山。
好為廬山謠，興因廬山發。
閑窺石鏡清我心，謝公行處蒼苔沒。
早服還丹無世情，琴心三疊道初成。
遙見仙人彩雲裡，手把芙蓉朝玉京。
先期汗漫九垓上，願接盧敖遊太清。

雪山—積雪的山峰，用喻流水的白。

石鏡—峰名。

謝公—南北朝時謝靈運，好遨遊山水。

還丹—道家幾經燒煉而成的仙丹。

琴心三疊—道家修煉的術語，意思是使心神寧靜。

玉京—道家稱天帝所居之所。

汗漫—廣茫無際。

盧敖—秦時隱士。

太清—天也，三清之一，為仙人所居。

宣州謝脁樓餞別校書叔雲

棄我去者，昨日之日不可留；
亂我心者，今日之日多煩憂。
長風萬里送秋雁，對此可以酣高樓。
蓬萊文章建安骨，中間小謝又清發。
俱懷逸興壯思飛，欲上青天覽明月。
抽刀斷水水更流，舉杯消愁愁更愁。
人生在世不稱意，明朝散髮弄扁舟。

宣州—今安徽宣城一帶。
謝脁樓—又名北樓、謝公樓，在陵陽山上，謝脁任宣城太守時所建，並改名為疊嶂樓。
校書—官名，即祕書省校書郎，掌管朝廷的圖書整理工作。
叔雲—李白的叔叔李雲。
長風—大風。
酣高樓—暢飲於高樓。
蓬萊—海中神山，為仙府，藏幽技秘錄。此指東漢時藏書之東觀。
蓬萊文章—借指李雲的文章。
建安骨—漢末建安年間，作家所作之詩風骨遒勁，後人稱之為「建安風骨」。
小謝—指謝脁。後人將他和謝靈運並舉，稱為大謝、小謝。這裡用以自喻。
清發—指清新秀發的詩風。

壯思—雄心壯志。
覽—通「攬」，摘取。
稱意—稱心如意。
散髮—不束冠，意謂不做官。
弄扁舟—乘小舟歸隱江湖。

蜀道難

噫吁戲，危乎高哉！蜀道之難難於上青天！蠶叢及魚鳧，開國何茫然！爾來四萬八千歲，不與秦塞通人煙。西當太白有鳥道，可以橫絕峨眉巔。地崩山摧壯士死，然後天梯石棧相鉤連。上有六龍回日之高標，下有衝波逆折之回川。黃鶴之飛尚不得，猿猱欲度愁攀援。青泥何盤盤，百步九折

蜀道難—此詩為安祿山反，唐玄宗入蜀而作。言入蜀道的險阻艱難。

噫吁戲—感嘆詞。

蠶叢魚鳧—皆蜀王先祖名。

人煙—人跡。

太白—即太白山。

鳥道—連山高峻，僅飛鳥能過此，以為徑路。

橫絕—橫斷。

天梯—峭壁間鑿石為梯，如上青天，故曰天梯。

石棧—山嶺危崖處，架木板石梁為道，曰棧道。

「六龍」句—蜀山最高峰，連替太陽神拉車的六龍碰到它，也只

縈巖巒。捫參歷井仰脅息，以手撫膺坐長嘆。問君西遊何時還？畏途巉巖不可攀。但見悲鳥號古木，雄飛雌從繞林間。又聞子規啼夜月，愁空山。蜀道之難難於上青天，使人聽此凋朱顏！連峰去天不盈尺，枯樹倒掛倚絕壁。飛湍瀑流爭喧豗，砯崖轉石萬壑雷。其險也如此，嗟爾遠道之人，胡為乎來哉！劍閣崢嶸而崔嵬，一夫當關，萬夫莫開。所守或匪親，化為狼

能折返。
猿猱—猿和獼猴。
青泥—山嶺名。
盤盤—曲折貌。
捫參歷井—捫，撫摸。歷，經歷。參、井皆星名。指仰視天星好像可以用手摸到似的。
脅息—屏氣而息，不敢呼吸。
子規—即子規鳥。

喧豗—水石相撞聲。
砯崖—砯擊岩石聲。

劍閣—山名，在四川省。
崔嵬—山勢高大的樣子。
匪親—匪同非，指守關應用親信。

與豺，朝避猛虎，夕避長蛇，磨牙吮血，殺人如麻。錦城雖云樂，不如早還家。蜀道之難，難於上青天，側身西望長咨嗟。

錦城－即錦官城，古為主錦官所居之處，此泛指四川省。

「側身」句－成都在長安西南，故謂側身西望。

咨嗟－嘆息。

長相思 二首 其一

長相思，在長安。

絡緯秋啼金井闌，微霜淒淒簟色寒。

孤燈不明思欲絕，卷帷望月空長嘆。

美人如花隔雲端。

上有青冥之高天，下有淥水之波瀾。

天長地遠魂飛苦，夢魂不到關山難。

長相思，摧心肝。

長相思－屬樂府「雜曲歌辭」舊題，取意於《古詩》：「客從遠方來，遺我一書札。上言長相思，下言久別離。」

絡緯－昆蟲名，又名莎雞，俗稱紡織娘。

金井闌－精美的井欄。

簟－竹席。

思欲絕－思念到了極點。

美人－所思念的人。

青冥－高遠蒼茫的天色。

關山難－指路遠難行。

摧心肝－形容傷心欲絕。

長相思　二首　其二

日色已盡花含煙，月明欲素愁不眠。
趙瑟初停鳳凰柱，蜀琴欲奏鴛鴦絃。
此曲有意無人傳，願隨春風寄燕然。
憶君迢迢隔青天。
昔日橫波目，今成流淚泉。
不信妾腸斷，歸來看取明鏡前。

趙瑟—趙人善鼓瑟，因稱趙瑟。
鳳凰柱—瑟柱上刻有鳳凰作裝飾。
蜀琴—司馬相如為蜀人，善彈琴，曾以琴心挑卓文君，故曰蜀琴。
鴛鴦絃—以絃有雌雄也，即雙絃。
燕然—即燕然山，後漢竇憲追北單于，登燕然山刻石勒功而還，此借指塞外。
橫波目—形容女子媚眼流盼。

行路難 三首 其一

金樽清酒斗十千，玉盤珍羞值萬錢。
停杯投箸不能食，拔劍四顧心茫然。
欲渡黃河冰塞川，將登太行雪滿山。
閒來垂釣碧溪上，忽復乘舟夢日邊。
行路難，行路難，多歧路，今安在？
長風破浪會有時，直掛雲帆濟滄海。

行路難—此為歌行體。
斗十千—一杯酒值十千錢。
珍羞—精美的菜肴。
箸—筷子。
日邊—指京城長安。
歧路—岔道。
長風破浪—喻志趣遠大。
雲帆—像雲般高的布帆。

行路難 三首 其二

大道如青天，我獨不得出。
羞逐長安社中兒，赤雞白狗賭梨栗。
彈劍作歌奏苦聲，曳裾王門不稱情。
淮陰市井笑韓信，漢朝公卿忌賈生。
君不見、
昔時燕家重郭隗，擁篲折節無嫌猜；
劇辛樂毅感恩分，輸肝剖膽效英才。
昭王白骨縈爛草，誰人更掃黃金臺？

社中兒—市井少年。

「赤雞」句—鬥雞走狗賭吃的東西。

「彈劍」句—用馮諼客孟嘗，彈劍而歌的故事。

曳裾—指寄食公卿王侯之門。

賈生—即賈誼。漢洛陽人，年少多才。

郭隗—戰國時燕人，昭王築臺師事之，樂毅、劇辛聞風而至，燕以大治。

擁篲折節—俯身彎腰做執帚狀，表示禮賢下士。

劇辛、樂毅—戰國時人，為燕昭

行路難，歸去來！

王招賢。

黃金臺—燕昭王所築，置千金於臺上，以延天下之士，故稱黃金臺。

行路難 三首 其三

有耳莫洗潁川水，有口莫食首陽蕨。
含光混世貴無名，何用孤高比雲月？
吾觀自古賢達人，功成不退皆殞身。
子胥既棄吳江上，屈原終投湘水濱。
陸機雄才豈自保？李斯稅駕苦不早。
華亭鶴唳詎可聞，上蔡蒼鷹何足道！
君不見、
吳中張翰稱達生，秋風忽憶江東行。

潁川水—昔許由不欲聞堯召，洗耳於潁水之濱。

首陽蕨—伯夷、叔齊恥食周粟，餓死於首陽山。

含光—不顯才智。

無名—沒有聲譽。

殞身—捐軀而死。

「子胥」句—伍子胥諫吳王夫差不聽，賜劍令自殺，吳王取其屍投於江中。

「屈原」句—屈原，名平，懷王重其才，後以靳尚等進讒，遂被放，屈原自沉於汨羅江。

「陸機」四句—晉成都王穎起兵攻長沙王，重用陸機，不幸兵敗，宦官孟玖讒機有異志，被殺，

且樂生前一杯酒，何須身後千載名？

臨刑嘆曰：「華亭鶴唳，可傷聞乎！」李斯稅駕：李斯相秦始皇，自謂未知稅駕。後被宦官趙高進讒被棄市，臨刑，謂其子曰：「吾欲與汝，牽黃犬、臂蒼鶻、出上蔡東門，不可得矣。」

「張翰」四句—張翰，字季鷹，吳人。齊王辟為大司馬東曹掾，因見秋風起，思吳中菰菜、蓴羹、鱸魚膾，遂辭官歸。嘗曰：「使我有身後名，不如即時一杯酒。」

將進酒

君不見、
黃河之水天上來，奔流到海不復回。
君不見、
高堂明鏡悲白髮，朝如青絲暮成雪。
人生得意須盡歡，莫使金樽空對月。
天生我材必有用，千金散盡還復來。
烹羊宰牛且為樂，會須一飲三百杯。
岑夫子，丹丘生，將進酒，君莫停。

會須—正應當。
岑夫子—岑勳。夫子是尊稱。
丹丘生—元丹丘。李白的好友。

與君歌一曲，請君為我側耳聽。
鐘鼓饌玉不足貴，但願長醉不願醒。
古來聖賢皆寂寞，惟有飲者留其名。
陳王昔時宴平樂，斗酒十千恣歡謔。
主人何為言少錢？徑須沽取對君酌。
五花馬，千金裘，
呼兒將出換美酒，與爾同銷萬古愁。

鐘鼓饌玉—泛指豪門貴族的奢華生活。鐘鼓，富貴人家宴會時用的樂器。饌玉，珍貴的菜肴。

陳王—三國魏曹植，曾被封為陳王。

平樂—觀名。

五花馬—指五色花紋的好馬。

千金裘—值千金的皮衣。

贈孟浩然

吾愛孟夫子，風流天下聞。
紅顏棄軒冕，白首臥松雲。
醉月頻中聖，迷花不事君。
高山安可仰，徒此挹清芬。

夫子—對男子的敬稱。
紅顏—指年輕的時候。
軒冕—指官職。
臥松雲—隱居山林。
醉月—月下醉酒贈孟浩然。
中聖—中酒，就是喝醉的意思。
事君—為皇帝服務。
安—豈。
徒此—惟有在此。
清芬—指美德。

渡荊門送別

渡遠荊門外，來從楚國遊。
山隨平野盡，江入大荒流。
月下飛天鏡，雲生結海樓。
仍憐故鄉水，萬里送行舟。

荊門—山名。在今湖北宜都西北長江南岸，與北岸虎牙山相對峙。
楚國—今湖北省及周圍地區，春秋戰國時為楚國地域。
「山隨平野」二句—自荊門以東，山巒盡，地勢轉平。大荒，廣闊無際的原野。
海樓—指海市蜃樓。
故鄉水—指長江。因李白曾家居四川，故稱故鄉水。

送友人

青山橫北郭，白水繞東城。
此地一為別，孤蓬萬里征。
浮雲遊子意，落日故人情。
揮手自茲去，蕭蕭班馬鳴。

蓬—水面無根的草，隨流飄轉。
遊子—遠遊的人。
蕭蕭—馬鳴聲。
班馬—離群的馬。

聽蜀僧濬彈琴

蜀僧抱綠綺，西下峨眉峰。
為我一揮手，如聽萬壑松。
客心洗流水，餘響入霜鐘。
不覺碧山暮，秋雲暗幾重。

綠綺—琴名。晉傅玄《琴賦序》：「司馬相如有綠綺。」相如是蜀人，彈者是蜀僧，故以綠綺切之。
揮手—彈琴。
霜鐘—指鐘聲。

夜泊牛渚懷古

牛渚西江夜，青天無片雲。
登舟望秋月，空憶謝將軍。
余亦能高詠，斯人不可聞。
明朝挂帆席，楓葉落紛紛。

牛渚—牛渚山，在今安徽省當塗縣西北。

西江—長江。

謝將軍—謝尚。鎮牛渚，秋夜泛舟賞月，與袁宏吟詠論詩，中夜不寐。

紛紛—形容其多。

望廬山瀑布水

日照香爐生紫煙，遙看瀑布掛前川。

飛流直下三千尺，疑是銀河落九天。

廬山—在江西省九江縣南。古有匡俗曾結廬於此，故名廬山。

香爐—香爐峰在廬山西南，圓聳如香爐，旁有瀑布。

九天—言天高不可測也。

登金陵鳳凰臺

鳳凰臺上鳳凰遊，鳳去臺空江自流。
吳宮花草埋幽徑，晉代衣冠成古邱。
三山半落青天外，二水中分白鷺洲。
總為浮雲能蔽日，長安不見使人愁。

鳳凰臺—臺名。宋元嘉中築，在今江蘇江寧縣南。

吳宮—三國吳大帝孫權，遷都建業，後孫皓營新宮。

晉代衣冠—衣冠，稱顯貴的官吏。晉瑯琊王睿即位於建康，是為元帝，宮城仍吳之舊，王謝諸衣冠之族甚盛。

古邱—荒塚。

三山—在城西南，因其三峰排列，南北相連，故稱三山。

二水—秦淮源出句容、溧水兩山間，合流至建康分為二支，一支入城，一支繞城外，因稱二水。

白鷺洲—在城西南長江中。

靜夜思

床前明月光，疑是地上霜。
舉頭望明月，低頭思故鄉。

疑—驚疑。
明月—皎潔的月光。
思—懷念。

怨情

美人捲珠簾，深坐顰蛾眉；
但見淚痕溼，不知心恨誰。

珠簾—織珠而成的簾子。
顰—皺眉。
蛾眉—像蠶蛾觸鬚一樣的眉毛，用稱美人的眉。
誰—猶言哪一個。

玉階怨

玉階生白露，夜久侵羅襪；
卻下水晶簾，玲瓏望秋月。

玉階—石階。

卻—只好。

水晶簾—水晶一般透明的簾子。

玲瓏—晶瑩透明。

獨坐敬亭山

眾鳥高飛盡，孤雲獨去閒。
相看兩不厭，只有敬亭山。

敬亭山—在安徽宣城縣北。

相看—互相對看。
不厭—不嫌棄。

勞勞亭

天下傷心處，勞勞送客亭。
春風知別苦，不遣柳條青。

勞勞亭—今江蘇省江寧縣治西南，為古時送別的地方。

知別苦—知道離別的痛苦。

春夜洛城聞笛

誰家玉笛暗飛聲，散入春風滿洛城。
此夜曲中聞折柳，何人不起故園情。

玉笛—樂器名，以竹製成。
折柳—漢橫吹曲名，樂府詩中有折楊柳曲。

古朗月行

小時不識月，呼作白玉盤。
又疑瑤臺鏡，飛在青雲端。
仙人垂兩足，桂樹何團團。
白兔搗藥成，問言與誰餐？
蟾蜍蝕圓影，大明夜已殘。
羿昔落九烏，天人清且安。
陰精此淪惑，去去不足觀。
憂來其如何？淒愴摧心肝。

瑤臺—古代神話中仙女居住的地方。

團團—圓滿的樣子。

大明—月亮的代稱。

陰精—月亮的代稱。

秋浦歌

白髮三千丈，離愁似箇長。
不知明鏡裡，何處得秋霜。

箇—如此。
秋霜—以秋天的白霜比喻頭髮已花白。

黃鶴樓送孟浩然之廣陵

故人西辭黃鶴樓，煙花三月下揚州。
孤帆遠影碧空盡，惟見長江天際流。

黃鶴樓—在湖北省武昌西黃鵠磯上，俯瞰江漢，極目千里。
廣陵—即揚州，今江蘇江都縣。
故人—舊人、老友。
煙花—喻繁華。
碧—青綠色。
天際—天邊。

蘇臺覽古

舊苑荒臺楊柳新，菱歌清唱不勝春。
只今惟有西江月，曾照吳王宮裡人。

蘇臺—即姑蘇臺，在蘇州。
菱歌—東南水鄉老百姓採菱時唱的民歌。
清唱—形容歌聲婉轉清亮。
吳王宮裡人—指吳王夫差宮廷裡的嬪妃。

越中覽古

越王句踐破吳歸，義士還家盡錦衣。
宮女如花滿春殿，只今惟有鷓鴣飛。

句踐破吳—春秋時期吳、越兩國爭霸。越王句踐為吳王夫差所敗，此後他臥薪嘗膽二十年，終於滅吳。

錦衣—華麗的衣服。

客中行

蘭陵美酒鬱金香，玉碗盛來琥珀光。
但使主人能醉客，不知何處是他鄉。

客中—指旅居他鄉。

蘭陵—今山東省臨沂市蒼山縣蘭陵鎮；一說位於今四川省境內。

鬱金香—散發鬱金的香氣。鬱金，一種香草，用以浸酒，浸酒後呈金黃色。

琥珀—一種樹脂化石，呈黃色或赤褐色，色澤晶瑩。這裡形容美酒色澤如琥珀。

但使—只要。

早ㄗㄠˇ發ㄈㄚ白ㄅㄞˊ帝ㄉㄧˋ城ㄔㄥˊ

朝ㄓㄠ辭ㄘˊ白ㄅㄞˊ帝ㄉㄧˋ彩ㄘㄞˇ雲ㄩㄣˊ間ㄐㄧㄢ，千ㄑㄧㄢ里ㄌㄧˇ江ㄐㄧㄤ陵ㄌㄧㄥˊ一ㄧˋ日ㄖˋ還ㄏㄨㄢˊ。

兩ㄌㄧㄤˇ岸ㄢˋ猿ㄩㄢˊ聲ㄕㄥ啼ㄊㄧˊ不ㄅㄨˋ住ㄓㄨˋ，輕ㄑㄧㄥ舟ㄓㄡ已ㄧˇ過ㄍㄨㄛˋ萬ㄨㄢˋ重ㄔㄨㄥˊ山ㄕㄢ。

白帝城－在四川省奉節縣，東漢為魚腹縣。

江陵－即今湖北江陵縣。

輕舟－輕快的船。

萬重山－重疊的山巒。

長干行

妾髮初覆額，折花門前劇；
郎騎竹馬來，遶床弄青梅。
同居長干里，兩小無嫌猜。
十四為君婦，羞顏未嘗開。
低頭向暗壁，千喚不一回。
十五始展眉，願同塵與灰。
常存抱柱信，豈上望夫台。
十六君遠行，瞿塘灩澦堆。

初覆額—指幼小時頭髮剛剛蓋著前額。
劇—遊戲。
竹馬—以竹竿當馬騎。
床—庭院中的井床，即打水的轆轤架。
始展眉—意謂情感在眉宇間顯露出來。
柱信—用《莊子．盜跖》記尾生等候相約女子不來，堅守信約，抱橋柱被水淹死典。
灩澦堆—瞿塘峽口的一塊巨大礁

五月不可觸，猿聲天上哀。
門前遲行跡，一一生綠苔。
苔深不能掃，落葉秋風早。
八月蝴蝶黃，雙飛西園草。
感此傷妾心，坐愁紅顏老。
早晚下三巴，預將書報家。
相迎不道遠，直至長風沙。

石。

行跡—指丈夫出門時留下的足跡。

蝴蝶黃—據說春天多彩蝶，秋天多黃蝶。

感此—指有感於蝴蝶雙飛。

坐—因。

早晚—何時。

書—信。

不道遠—即不辭遠的意思。

長風沙—地名，距金陵七百里，水勢湍險。

山中與幽人對酌

兩人對酌山花開，一杯一杯復一杯。
我醉欲眠卿且去，明朝有意抱琴來。

幽人—隱士。
復—又。

烏棲曲

姑蘇臺上烏棲時，吳王宮裡醉西施。
吳歌楚舞歡未畢，青山欲銜半邊日。
銀箭金壺漏水多，起看秋月墜江波。
東方漸高奈樂何！

西施——本為越國美女，後為吳王夫差的寵妃。

銀箭金壺——古代計時工具。

少年行

五陵年少金市東，銀鞍白馬度春風。
落花踏盡遊何處，笑入胡姬酒肆中。

五陵—指漢帝之陵。五陵少年指少年遊俠俊朗瀟灑，放蕩不羈。
胡姬—唐代酒館以西域女子待客，謂之胡姬。

把酒問月

青天有月來幾時？我今停杯一問之。
人攀明月不可得，月行卻與人相隨。
皎如飛鏡臨丹闕，綠煙滅盡清輝發。
但見宵從海上來，寧知曉向雲間沒。
白兔搗藥秋復春，嫦娥孤棲與誰鄰？
今人不見古時月，今月曾經照古人。
古人今人若流水，共看明月皆如此。
唯願當歌對酒時，月光長照金樽裡。

飛鏡—冉冉飛升的明鏡。
丹闕—朱紅宮殿。
綠煙—指遮蔽月光的雲彩。
宵—夜晚。
曉—清晨。
金樽—酒杯。

清平調 三首 其一

雲想衣裳花想容，春風拂檻露華濃；
若非群玉山頭見，會向瑤臺月下逢。

檻—有格子的窗戶。
群玉山—傳說中西王母所居。
瑤臺—美玉為飾的臺，為仙女所居。

清平調 三首　其二

一枝紅豔露凝香，雲雨巫山枉斷腸；
借問漢宮誰得似？可憐飛燕倚新粧。

凝—結。
雲雨巫山—男女幽會。
飛燕—即趙飛燕，漢成帝時召入宮，立為后。

清平調 三首 其三

名花傾國兩相歡，
常得君王帶笑看。
解識春風無限恨，
沉香亭北倚闌干。

傾國—喻美女。

沉香亭—以沉香木為亭，即唐明皇和楊貴妃賞花處。

贈汪倫

李白乘舟將欲行，忽聞岸上踏歌聲。
桃花潭水深千尺，不及汪倫送我情。

汪倫──李白的老友。

桃花潭──在安徽省涇縣西南。

不及──比不上。

聞王昌齡左遷龍標遙有寄

楊花落盡子規啼，聞道龍標過五溪。
我寄愁心與明月，隨風直到夜郎西。

王昌齡—唐代詩人，天寶年間被貶為龍標縣尉。

左遷—貶謫、降職。

龍標—詩中指王昌齡，古人常用官職或任官之地的州縣名來稱呼一個人。

夜郎—貴州省西境地。

山中問答

問余何意棲碧山？笑而不答心自閑。
桃花流水窅然去，別有天地非人間。

窅然——窅，深目，引伸為遠望的意思。窅然，悵然。

憶秦娥

簫聲咽，秦娥夢斷秦樓月。

秦樓月，年年柳色，灞陵傷別。

樂遊原上清秋節，咸陽古道音塵絕。

音塵絕，西風殘照，漢家陵闕。

灞陵—在陝西省西安市東，橫灞水上，古人多於此送別，又名銷魂橋。

樂遊原—在長安縣南。

咸陽—陝西省縣名，秦的都城。

漢家陵闕—古時帝王的墳墓稱陵，宮殿外城樓似的觀門稱闕。漢朝皇帝死後多葬於長安城外。

菩薩蠻

平林漠漠煙如織，寒山一帶傷心碧。
暝色入高樓，有人樓上愁。
玉階空佇立，宿鳥歸飛急。
何處是歸程？長亭更短亭。

平林—平展的樹林。
漠漠—迷濛貌。
傷心碧—傷心的碧綠色。
暝色—夜色。
玉階—階之美稱。
歸程—歸途。
長亭、短亭—古代設在路邊供行人休歇的亭舍。

古風

四首　其一

大雅久不作，吾衰竟誰陳。
王風委蔓草，戰國多荊榛。
龍虎相啖食，兵戈逮狂秦。
正聲何微茫，哀怨起騷人。
揚馬激頹波，開流蕩無垠。
廢興雖萬變，憲章亦已淪。
自從建安來，綺麗不足珍。
聖代復元古，垂衣貴清真。

《大雅》—《詩經》之一部分。此代指《詩經》。

作—興。

吾衰—出自《論語・述而》子曰：「甚矣，吾衰也。」

陳—出自《禮記・王制》：「命太史陳詩以觀民風。」李白此意為：詩道久已不振，而我年將衰，此意向誰陳說呢？

王風—《詩經・王風》，此亦代指《詩經》。

委蔓草—埋沒無聞。此與上句「久不作」意同。

多荊榛—形容形勢混亂。

「龍虎」二句—形容戰國群雄相爭，戰爭直到強秦統一六國。

群才屬休明，乘運共躍鱗。
文質相炳煥，眾星羅秋旻。
我志在刪述，垂輝映千春。
希聖如有立，絕筆於獲麟。

「正聲」二句—《詩經》那樣雅正的詩歌衰微了，而屈原以其哀怨的作品開闢了一個新的文學時代。

「揚馬」二句—指漢代文學家揚雄、司馬相如使衰頹的文壇重新振興。

憲章—本指典章制度，此指詩歌創作的法度、規範。

淪—消亡。

建安—東漢末獻帝的年號，當時文壇作家有三曹、七子等。

綺麗—詞采華美。

聖代—此指唐代。

元古—上古，遠古。

垂衣—《易經・繫辭下》：「黃帝、堯、舜垂衣裳而天下治。」意謂無為而治。

清真—樸素自然，與綺麗相對。

「群才」句—文人們正逢休明盛

世。

屬─適逢。

躍鱗─比喻施展才能。

「文質」句─意謂詞采與內容相得益彰。

秋旻─秋天的天空。

刪述─《尚書序》:「先君孔子……刪《詩》為三百篇，約史記而修《春秋》，贊《易》道以黜《八索》，述職方以除《九丘》。」

希聖─希望達到聖人的境界。

獲麟─《春秋・哀公十四年》:「西狩獲麟，孔子曰：吾道窮矣。」傳說孔子修訂《春秋》，至此擱筆不再述作。因為他認為麒麟出非其時而被獵獲，不是好兆。以上四句意謂李白欲追步孔子，有所述作，以期垂名不朽。

古風 四首 其二

莊周夢蝴蝶，蝴蝶為莊周。
一體更變易，萬事良悠悠。
乃知蓬萊水，復作清淺流。
青門種瓜人，舊日東陵侯。
富貴故如此，營營何所求？

蝴蝶—「莊周夢蝶」故事出自《莊子·齊物論》。

「一體」句—指一種事物，總是在不斷地變化著的。

「萬事」句—指世間萬事萬物都處在周流變化之中。

「乃知」二句—即滄海變桑田的意思。

「青門」二句—秦時，廣陵人邵平為東陵侯，秦亡後，為平民，在青門外種瓜，瓜甜美，時人謂之東陵瓜。青門，漢時長安城東門。

故—一本作「固」。

營營—往來盤旋的樣子。

古風 四首 其三

天津三月時，千門桃與李。
朝為斷腸花，暮逐東流水。
前水復後水，古今相續流。
新人非舊人，年年橋上遊。
雞鳴海色動，謁帝羅公侯。
月落西上陽，餘輝半城樓。
衣冠照雲日，朝下散皇州。
鞍馬如飛龍，黃金絡馬頭。

天津—橋名。在洛陽洛水之上。
海色—曉色。
「謁帝」句—言公侯羅列成行，去朝謁皇帝。
上陽—唐東都洛陽宮名。
皇州—帝都。此處指唐東都洛陽。
辟易—驚退。語出《史記・項羽本紀》。
「志氣」句—志向和氣量充塞天地，高如嵩山。
「列鼎」句—即鐘鳴鼎食。「列」、「錯」同義，都是擺設的意思。
珍羞—珍貴的食品。
「功成」句—指功成身不退，將遭殺身之禍。《老子》：「功成名遂身退，天之道也。」

行人皆辟易，志氣橫嵩丘。
入門上高堂，列鼎錯珍羞。
香風引趙舞，清管隨齊謳。
七十紫鴛鴦，雙雙戲庭幽。
行樂爭晝夜，自言度千秋。
功成身不退，自古多愆尤。
黃犬空歎息，綠珠成釁讎。
何如鴟夷子，散髮棹扁舟。

愆尤─過失。

「黃犬」句─《史記・李斯列傳》：「二世二年七月，具斯五刑，論腰斬咸陽市。斯出獄，與其中子俱執，顧謂其中子曰：『吾欲與若復牽黃犬俱出上蔡東門逐狡兔，豈可得乎？』遂父子相哭，而夷三族。」

「綠珠」句─指美人變仇人。《晉書・石崇傳》：「石崇有妓曰綠珠，美而豔，善吹笛。孫秀使人求之，崇時在別館，方登涼台，臨清流，婦人侍側。使者以告，崇盡出其婢妾數十人以示之，曰：『在所擇。』使者曰：『君侯博古通今，察遠照邇，願加三思。』使者出而又返，崇竟不許。秀怒，乃勸趙王倫誅崇。崇正宴於樓上，介士到門。崇謂綠珠曰：『我今為爾得罪。』綠珠泣曰：『當效死於官前。』因自投於樓下而死。崇母兄妻子，無少長皆被害。

釁雠—積嫌引起的仇恨。

「何如」二句—指范蠡。范蠡佐越王句踐滅吳後，乃乘扁舟，改姓名遊齊國，自謂鴟夷子皮，義若盛酒之鴟夷，多所容受，與時弛張。

古風 四首 其四

鄭客西入關，行行未能已。
白馬華山君，相逢中原裡。
璧遺鎬池君，明年祖龍死。
秦人相謂曰，吾屬可去矣。
一往桃花源，千春隔流水。

「鄭客」六句—一作「鄭容」。《搜神記》卷四：「秦始皇三十六年，使者鄭容從關東來，將入函關，西至華陰，望見素車白馬，從華山上下，疑其非人。道住，止而觀之。遂至，問鄭容曰：『安之？』鄭容曰：『之咸陽。』車上人曰：『吾華山使也，願托一牘書，致鎬池君所。子之咸陽，道過鎬池，見一大梓，有文石，取款梓，當有應者，即以書寫之。』容如其言，以石款梓，果有人來取書，雲『明年祖龍死』。」

鎬池君—雲水之神。

祖龍—指秦始皇。祖，始也。龍，人君也。

吾屬—我等，我們。

桃花源—出自晉人陶淵明作《桃花源記》。

經下邳圯橋懷張子房

子房未虎嘯，破產不為家。
滄海得壯士，椎秦博浪沙。
報韓雖不成，天地皆振動。
潛匿遊下邳，豈曰非智勇？
我來圯橋上，懷古欽英風。
唯見碧流水，曾無黃石公。
嘆息此人去，蕭條徐泗空。

下邳—古縣名，在今江蘇省睢寧縣西北邳州界。

圯橋—古橋名，遺址在今睢寧縣北古下邳城東南小沂水上。

張子房—張良，字子房，是輔佐劉邦打天下的重要謀臣，在幫助劉邦建立漢朝後，被封為留侯。

虎嘯—喻英雄得志。

博浪沙—在今河南省原陽縣東南。

黃石公—秦時隱士。相傳張良刺秦始皇不中，逃匿下邳圯上遇老人，授以《太公兵法》，曰：「讀此則為王者師矣。後十年興。十三年孺子見我濟北，穀城山下黃石即我矣。」後十三年，張良從漢高祖過濟北，果見穀城山下黃石，取而祠之，世稱此圯上老人為黃石公。

徐泗—徐州與泗州。

空—蕭條空乏之。

贈錢徵君少陽

白玉一杯酒，綠楊三月時。
春風餘幾日，兩鬢各成絲。
秉燭唯須飲，投竿也未遲。
如逢渭川獵，猶可帝王師。

徵君—指曾被朝廷徵聘而不肯受職的隱士。錢少陽其時年已八十餘，李白在另一首詩《贈潘侍御論錢少陽》中說他是「眉如松雪齊四皓」，對他很推崇。

三月時—指暮春。

秉燭—以蠟燭照明。

投竿—釣魚。姜太公未遇時，在渭水上垂釣，遇文王出獵，被聘為師。

「如逢」二句—據考證，李白寫此詩時錢少陽已八十多歲，所以用呂尚的典故。呂尚，姜姓，呂氏，名望，一說字子牙，西周初年官太師（武官名），也稱師尚父。輔佐武王滅商有功，封於齊。有太公之稱，俗稱姜太公。

鳴皋歌送岑徵君

時梁園三尺雪，在清泠池作

若有人兮思鳴皋，阻積雪兮心煩勞。洪河淩競不可以徑度，冰龍鱗兮難容舠。邈仙山之峻極兮，聞天籟之嘈嘈。霜崖縞皓以合遝兮，若長風扇海，湧滄溟之波濤。玄猿綠羆，舔舕岌危，咆柯振石，駭膽慄魄，群呼而相號。峰崢嶸以路絕，掛星辰於巖嶅。送君之歸兮，動鳴皋之新作，交

鳴皋－山名，又名九皋山，在今河南嵩縣東北。唐時屬河南道河南府陸渾縣。

岑徵君－即岑勳。

「若有人」句－《楚辭・九歌・山鬼》：「若有人兮山之阿」為此句所本。若，語氣詞。若有人，指岑徵君。

洪河－指黃河。

冰龍鱗－形容河冰參差，有如龍鱗。

舠－刀形小船。

霜崖－積霜雪之山崖。

縞皓－潔白。

合遝－重疊的樣子。

滄溟－海。

玄猿－即黑色的猿猴。

綠羆－毛有綠光的大熊。

梁園之群英－指枚乘、鄒陽、司馬相如輩。

鼓吹兮彈絲，觴清泠之池閣。君不行兮何待，若返顧之黃鶴，掃梁園之群英，振大雅於東洛，巾征軒兮歷阻折，尋幽居兮越巇崿，盤白石兮坐素月。琴松風兮寂萬壑，望不見兮心氛氳，蘿冥冥兮霰紛紛。水橫洞以下淥，波小聲而上聞。虎嘯谷而生風，龍藏溪而吐雲。寡鶴清唳，饑鼯顰呻。魂獨處此幽默兮，愀空山而愁人。雞聚族以爭食，鳳孤飛而無鄰，

征軒—遠行之車。軒，指軒車。

「盤白石」句—此句意謂傲坐於白石之上，皓月之下。

素月—皓潔之明月。

松風—即《風入松》，琴曲名。

氛氳—一作「紛紜」，紛亂的樣子。

蘿—女蘿。

冥冥—暗貌。

清唳—鶴的叫聲清亮。

「雞聚族」二句—指小人結朋而君子不黨。

蝘蜓—守宮。俗稱壁虎。古籍多與蜥蜴、蠑螈等相混。以蝘蜓比作龍，有隨意混雜，貶低一方之意。

魚目混珍—即魚目混珠。

嫫母—傳說為黃帝之妻，貌醜。

嫫母衣錦，西施負薪—嫫母雖然醜陋，但是賢惠，賑濟貧困中的

蝘蜓嘲龍，魚目混珍，嫫母衣錦，西施負薪。若使巢由桎梏於軒冕兮，亦奚異乎夔龍蹩躠於風塵。哭何苦而救楚，笑何誇而卻秦。吾誠不能學二子沽名矯節以耀世兮，固將棄天地而遺身。白鷗兮飛來，長與君兮相親。

韓信，後來韓信報答她。西施雖然美麗但是導致吳國滅亡，受後人指責。

巢由—即巢父、許由，皆堯時之隱者。

桎梏—刑具。

夔龍—神話傳說中的單足神怪動物。相傳為舜的二臣名，夔是樂官，龍是納言之官。

蹩躠—竭盡心力的樣子。音別薩。

「哭何苦」句—此句用申包胥救楚事。

「笑何誇」句—此用魯仲連卻秦事。

二子—指申包胥、魯仲連。

遺身—超然物外，避世隱居。

遠別離

遠別離，古有皇英之二女，乃在洞庭之南，瀟湘之浦。海水直下萬里深，誰人不言此離苦？日慘慘兮雲冥冥，猩猩啼煙兮鬼嘯雨。我縱言之將何補，皇穹竊恐不照余之忠誠。雷憑憑兮欲吼怒，堯舜當之亦禪禹。君失臣兮龍為魚，泉歸臣兮鼠變虎。或云堯幽囚，舜野死，九疑聯綿皆相似，重

遠別離—樂府「別離」十九曲之一，多寫悲傷離別之事。

皇英—指娥皇、女英，相傳是堯的女兒，舜的妃子。舜南巡，兩妃隨行，溺死於湘江，世稱湘君。她們的神魂遊於洞庭之南，出沒於瀟湘之濱。

乃—就。

瀟湘—湘水中游與瀟水合流處。這裡是湘江的別稱。

「海水直下」二句—誰人不說這次分離的痛苦，像海水那樣的深不見底。

慘慘—暗淡無光。

冥冥—陰晦的樣子。

「日慘慘兮」二句—日光暗淡，烏雲密布；猩猩在煙雲中悲鳴，鬼怪在陰雨中長嘯。這是比喻當

瞳孤墳竟何是。帝子泣兮綠雲間，隨風波兮去無還。慟哭兮遠望，見蒼梧之深山。蒼梧山崩湘水絕，竹上之淚乃可滅。

時政治黑暗。

縱—即使。

補—益處。

皇穹—天。這裡喻指唐玄宗。

竊恐—私自以為。

照—明察。

憑憑—盛大的意思。雷憑憑，形容雷聲響且接連不斷。

禪—禪讓，以帝位讓人。

「君失臣兮」二句—帝王失掉了賢臣，猶如龍變成魚；奸臣竊取了大權，就像老鼠變成猛虎。

或言—一作「或云」、「有人說」的意思。

堯幽囚—傳說堯因德衰，曾被舜關押，父子不得相見。

舜野死—傳說舜巡視時死在蒼梧。作者借用古代傳說，暗示當時權柄下移，藩鎮割據，唐朝有覆滅的危險。

九疑—即蒼梧山，在今湖南寧遠縣南。因九個山峰聯綿相似，不易辨別，故又稱九疑山。相傳舜死後葬於此地。

重瞳—指舜。相傳舜的兩眼各有兩個瞳仁。

帝子—指娥皇、女英。傳說舜死後，二妃相與慟哭，淚下沾竹，竹上呈現斑紋。

烏夜啼

黃雲城邊烏欲棲，歸飛啞啞枝上啼。
機中織錦秦川女，碧紗如煙隔窗語。
停梭悵然憶遠人，獨宿孤房淚如雨。

烏夜啼—樂府舊題，《樂府詩集》卷四十七列於《清商曲辭・西曲歌》，並引《古今樂錄》：「西曲歌有《烏夜啼》。」多寫男女離別相思之苦。

黃雲城邊—一作黃雲城南。

烏欲棲—梁簡文帝《烏棲曲》：「倡家高樹烏欲棲。」

啞啞—烏啼聲。吳均《行路難五首》：「唯聞啞啞城上烏。」

機中織錦—一作「閨中織婦」。

秦川女—指晉朝蘇蕙。《晉書・列女傳》載，竇滔妻蘇氏，始平人，名蕙，字若蘭，善屬文。竇滔原本是秦川刺史，後被苻堅徙流沙。蘇蕙把思念織成迴文璿璣圖，題詩二百餘，計八百餘言，縱橫反覆皆成章句。

碧紗如煙—指窗上的碧紗像煙一樣朦朧。

梭—織布用的織梭。其狀如船，兩頭有尖。

悵然—憂然若失的樣子。

遠人—指遠在外邊的丈夫。

「停梭」二句—一作「停梭向人問故夫，知在關西淚如雨」。

獨宿孤房—一作「欲說遼西」。孤，一作「空」。

峨眉山月歌

峨眉山月半輪秋，影入平羌江水流。
夜發清溪向三峽，思君不見下渝州。

峨眉山—在今四川省峨眉山市西南，有兩山峰相對，望之如蛾眉，故名。

半輪秋—指秋夜的上弦月形似半個車輪。

影—月光的影子。

平羌—即青衣江，大渡河的支流，在今四川中部峨眉山東北。源出寶興縣北，東南流經雅安、洪雅、夾江等地，到樂山匯大渡河，入岷江。

發—出發。

清溪—指清溪驛，屬四川省犍為縣，在峨眉山附近。

三峽—《樂山縣志》指四川省樂山縣之嘉州小三峽：犁頭峽、背峨峽、平羌峽，清溪在黎頭峽之上游。一說指長江三峽：瞿塘峽、巫峽、西陵峽。

君—指峨眉山月。一說指作者的友人。

下—順流而下。

渝州—唐代州名，屬劍南道，治所在巴縣，即今重慶市。

與史中郎飲聽黃鶴樓中吹笛

一為遷客去長沙，西望長安不見家。

黃鶴樓中吹玉笛，江城五月落梅花。

郎中—官名。

黃鶴樓—近在湖北武昌的長江邊上。

遷客—流遷或被貶到外地的官員。

江城—指江夏，今湖北武昌武漢別名「江城」即來自「江城五月落梅花」一句。

落梅花—古笛曲有「梅花落」。

登太白峰

西上太白峰，夕陽窮登攀。
太白與我語，為我開天關。
願乘泠風去，直出浮雲間。
舉手可近月，前行若無山。
一別武功去，何時復更還？

太白峰—即太白山，又名太乙山、太一山。在今陝西眉縣、太白縣、周至縣交界處。山峰極高，常有積雪。

窮—盡。這裡是到頂的意思。

太白—這裡指太白星，即金星。喻指仙人。

天關—古星名，又名天門。《晉書‧天文志》：「東方，角宿二星為天關，其間天門也，其內天庭也。故黃道經其中，七曜之所行也。」這裡指想像中的天界門戶。

泠風—和風，微風。泠音零。

武功—古代武功縣，範圍大致包括今武功全境，扶風中南部，眉縣全境和岐山南部。

秋風詞

秋風清，秋月明，
落葉聚還散，寒鴉棲復驚。
相思相見知何日，此時此夜難為情。
入我相思門，知我相思苦，
長相思兮長相憶，短相思兮無窮極。
早知如此絆人心，還如當初不相識。

三五七言詩—詩體的一種。一首中雜用三、五、七言為句。始創於唐李白《三五七言》詩。

落葉聚還散—寫落葉在風中時而聚集時而揚散的情景。

寒鴉—《本草綱目》：「慈烏，北人謂之寒鴉，以冬日尤盛。」

絆—牽絆，牽扯，牽掛。

詠苧蘿山

西施越溪女，出自苧蘿山。
秀色掩今古，荷花羞玉顏。
浣紗弄碧水，自與清波閒。
皓齒信難開，沉吟碧雲間。
句踐徵絕豔，揚蛾入吳關。
提攜館娃宮，杳渺詎可攀。
一破夫差國，千秋竟不還。

苧蘿山——位於臨浦鎮東北，歷史上曾屬苧蘿鄉，相傳為西施出生地。山上有紅粉石，相傳西施妝畢將煙脂水潑於石上，天長日久，石頭變成紅色。

自與清波閒——自己與清波共嬉，悠然自得。

揚蛾——揚眉。

吳關——吳國關口，指蘇州。

館娃宮——相傳夫差特地為西施所建。遺址在今江蘇蘇州市西南之靈巖山。

杳渺——指西施入吳宮，縹緲如在天上。

太原早秋

歲落眾芳歇，時當大火流。
霜威出塞早，雲色渡河秋。
夢繞邊城月，心飛故國樓。
思歸若汾水，無日不悠悠。

太原—即并州，唐時隸河東道。

歲落—光陰逝去。

眾芳歇—花草已凋零。

大火—星名，二十八宿之一，即心宿。《詩經．七月》「七月流火」即指此星。這顆星每年夏曆五月的黃昏出現於正南方，位置最高，六、七月開始向下行，故稱「流火」。時當大火流，即時當夏曆七月之後。

塞—關塞，指長城。

雲色渡河秋—雲彩飄過黃河，也呈現秋色。

故國—家鄉。

汾水—汾河。黃河第二大支流，發源於山西寧武縣管涔山，流經山西中部、南部入黃河。

鳳臺曲

嘗聞秦帝女，傳得鳳凰聲。
是日逢仙子，當時別有情。
人吹彩簫去，天借綠雲迎。
曲在身不返，空餘弄玉名。

鳳臺曲—樂府《上雲樂》七曲之一。南朝梁武帝作，取首句「鳳臺上，兩悠悠」為名。

彩簫—繫著彩飾的簫。

綠雲—喻指鳳凰。

曲在身不返—一本做「心在身不返」。

「空餘」句—漢代劉向《列仙傳》卷上《蕭史》：「蕭史者，秦穆公時人也，善吹簫，能致孔雀白鶴於庭。穆公有女字弄玉，好之。公遂以女妻焉。日教弄玉作鳳鳴，居數年，吹似鳳聲，鳳凰來止其屋。公為作鳳臺。夫婦止其上，不下數年，一旦皆隨鳳凰飛去。故秦人留作鳳女祠於雍，宮中時有簫聲而已。」這幾句是說，人吹彩簫，乘鳳凰升天而去，至今曲在人卻永不復還，空留下蕭史與弄玉的名聲。

公無渡河

黃河西來決崑崙，咆哮萬里觸龍門。
波滔天，堯咨嗟。
大禹理百川，兒啼不窺家。
殺湍湮洪水，九州始蠶麻。
其害乃去，茫然風沙。
被髮之叟狂而癡，清晨臨流欲奚為。
旁人不惜妻止之，公無渡河苦渡之。
虎可搏，河難憑。

公無渡河—樂府古題，又名「箜篌引」。

崑崙—崑崙山。在新疆、西藏之間，古代相傳黃河發源於崑崙山。

龍門—即龍門山，在今陝西韓城東北五十里，黃河流經其間。

理—即治理，唐人避唐高宗諱，改「治」為「理」。

窺家—大禹在外治水八年，三過家門而不入。

茫然風沙—此句的意思是水雖不至有滔天之禍，仍有風沙之害。

憑—徒步渡過河流。

公果溺死流海湄，
有長鯨白齒若雪山。
公乎公乎掛罥於其間，
箜篌所悲竟不還。

掛罥—屍骨掛於雪齒之間。罥音倦，捕捉鳥獸的網。

箜篌—古時的一種弦樂器。似琴而小，用撥彈之。有豎、臥兩種。

西嶽雲臺歌送丹丘子

西嶽崢嶸何壯哉，黃河如絲天際來。
黃河萬里觸山動，盤渦轂轉秦地雷。
榮光休氣紛五彩，千年一清聖人在。
巨靈咆哮擘兩山，洪波噴箭射東海。
三峰卻立如欲摧，翠崖丹谷高掌開。
白帝金精運元氣，石作蓮花雲作臺。
雲臺閣道連窈冥，中有不死丹丘生。
明星玉女備灑掃，麻姑搔背指爪輕。

西嶽—即華山。

丹丘子—即元丹丘，李白於安陸時所結識的一位道友，於潁陽、嵩山、石門山等處都有別業。李白從遊甚久，贈詩亦特多。

「西嶽」二句—據《華山記》所載，從華山的落雁峯俯眺三秦，曠莽無際。黃河如一縷水，繚繞嶽下。崢嶸，高峻貌。

盤渦轂轉—車輪的中心處稱轂，這裡形容水波急流，盤旋如輪轉。

榮光休氣—形容河水在陽光下所呈現的光彩，彷彿一片祥瑞的氣象。

千年一清—黃河多挾泥沙，古代以河清為吉祥之事，也以河清稱頌清明的治世。

聖人—指當時的皇帝唐玄宗。

「巨靈」二句—據《水經注・河

我皇手把天地戶，丹丘談天與天語。
九重出入生光輝，東來蓬萊復西歸。
玉漿儻惠故人飲，騎二茅龍上天飛。

水》引古語：「華嶽本一山，當河，河水過而曲行。河神巨靈，手蕩腳踏，開而為兩，今掌足之跡，仍存華嶽。」

三峰—指落雁峰、蓮花峰、朝陽峰。

高掌—即仙人掌，華山的東峯。

白帝—神話中的五天帝之一，是西方之神。華山是西嶽，故屬白帝。道家以西方屬金，故稱白帝為西方之金精。

閣道—即棧道。

窈冥—高深不可測之處。

麻姑—神話中的人物，傳說為建昌人，東漢桓帝時應王方平之邀，降於蔡經家，年約十八、九歲，能擲米成珠。自言曾見東海三次變為桑田。她的手像鳥爪，蔡經曾想像用來搔背一定很好。見《神仙傳》。

我皇—指天帝。

談天—戰國時齊人鄒衍喜歡談論宇宙之事，人稱他是「談天衍」。

九重—天的極高處。

「玉漿」二句—是說元丹丘或許能惠愛自己，飲以玉漿，使他也能飛昇成仙。《列仙傳》說，仙人使卜師呼子先與酒家嫗騎二茅狗，後變為龍飛上華山成仙。玉漿，仙人所飲之漿。

洛陽陌

白玉誰家郎，回車渡天津。
看花東上陌，驚動洛陽人。

洛陽陌—亦名「洛陽道」，古樂曲名。屬橫吹曲辭。
白玉—喻面目姣好、白皙如玉之貌。
白玉誰家郎—用的是西晉文人潘岳在洛陽道上的風流韻事。《晉書．潘岳傳》記載：「岳美姿儀，辭藻絕麗，尤善為哀誄之文。少時挾彈出洛陽道，婦人遇之者，皆連手縈繞，投之以果，遂滿車而歸。」
天津—洛陽橋名。在洛水上。
東陌—洛陽城東的大道，那裡桃李成行，陽春時節，城中男女多去那裡看花。

嵩山採菖蒲者

神仙多古貌，雙耳下垂肩。
嵩嶽逢漢武，疑是九疑仙。
我來採菖蒲，服食可延年。
言終忽不見，滅影入雲煙。
喻帝竟莫悟，終歸茂陵田。

嵩山—位於河南省中部，屬伏牛山系，地處登封市西北面，是五嶽的中嶽。

古貌—古樸的形貌。

延年—延長壽命。

茂陵—漢武帝的安寢之地。

登單父陶少府半月臺

陶公有逸興，不與常人俱。
築臺像半月，迥向高城隅。
置酒望白雲，商飆起寒梧。
秋山入遠海，桑柘羅平蕪。
水色淥且明，令人思鏡湖。
終當過江去，愛此暫踟躕。

單父—古縣名，縣治在今山東省單縣。

少府—唐代對縣尉的尊稱。陶少府指修半月臺的陶沔。

半月臺—台前方後圓，在舊單縣城東北隅，相傳陶沔所築。

逸興—超逸豪邁的意興。

俱—同。

迥向—遠對。

城隅—城角。

商飆—秋風。

柘—樹名，樹葉可養蠶。

平蕪—雜草豐茂的原野。

淥—清澈。

鏡湖—即鑒湖。其水清，澄明如鏡，故名。在今浙江省紹興縣。

過江去—指過長江到江南去。

踟躕—徘徊不進的樣子。

北風行

燭龍棲寒門，光耀猶旦開。
日月照之何不及此，
唯有北風號怒天上來。
燕山雪花大如席，片片吹落軒轅臺。
幽州思婦十二月，停歌罷笑雙蛾摧。
倚門望行人，念君長城苦寒良可哀。
別時提劍救邊去，遺此虎紋金鞞靫。
中有一雙白羽箭，蜘蛛結網生塵埃。

北風行—樂府「時景曲」調名，內容多寫北風雨雪、行人不歸的傷感之情。

燭龍—中國古代神話傳說中的龍。人面龍身而無足，居住在不見太陽的極北寒門，睜眼為晝，閉眼為夜。

此—指幽州，治所在今北京大興縣。這裡指當時安祿山統治北方，一片黑暗。

燕山—山名，在河北平原的北側。

軒轅臺—紀念黃帝的建築物，故址在今河北懷來縣喬山上。

雙蛾—女子的雙眉。雙蛾摧，雙眉緊鎖，形容悲傷、愁悶的樣子。

長城—常泛指北方前線。

良—實在。

鞞靫—當作韛靫。虎紋鞞靫，繪有虎紋圖案的箭袋。

箭空在，人今戰死不復回。
不忍見此物，焚之已成灰。
黃河捧土尚可塞，北風雨雪恨難裁。

「焚之」句—語出古樂府《有所思》：「摧燒之，當風揚其灰。」

「黃河」句—《後漢書・朱馮虞鄭周列傳》：「此猶河濱之人，捧土以塞孟津，多見其不知量也。」此反其意而用之。

北風雨雪—這是化用《詩經・國風・邶風・北風》中的「北風其涼，雨雪其雱」句意，原指國家的危機將至而氣象愁慘，這裡用以襯托思婦悲慘的遭遇和淒涼的心情。

裁—消除。

梁園吟

我浮黃河去京闕，掛席欲進波連山。
天長水闊厭遠涉，訪古始及平臺間。
平臺為客憂思多，對酒遂作梁園歌。
卻憶蓬池阮公詠，因吟淥水揚洪波。
洪波浩蕩迷舊國，路遠西歸安可得。
人生達命豈暇愁，且飲美酒登高樓。
平頭奴子搖大扇，五月不熱疑清秋。
玉盤楊梅為君設，吳鹽如花皎白雪。

掛席—即掛帆、揚帆之義。

波連山—波浪如連綿的山峰。

平臺—相傳為春秋時期宋皇國父所築，故址在今河南商丘東北。

對酒—一作「醉來」。

蓬池—其遺址在河南尉氏縣東南。

阮公—指三國魏詩人阮籍。

舊國—舊都。指西漢梁國，一說指長安。

西歸—蕭士贇注：「唐都長安在西，白遠離京國，故發『西歸安可得』之嘆也。」

達命—通達知命。

暇—空閒功夫。

平頭奴子—戴平頭巾的奴僕。平

持鹽把酒但飲之，莫學夷齊事高潔。
昔人豪貴信陵君，今人耕種信陵墳。
荒城虛照碧山月，古木盡入蒼梧雲。
梁王宮闕今安在，枚馬先歸不相待。
舞影歌聲散淥池，空餘汴水東流海。
沉吟此事淚滿衣，黃金買醉未能歸。
連呼五白行六博，分曹賭酒酣馳輝。
歌且謠，意方遠。
東山高臥時起來，欲濟蒼生未應晚。

頭，頭巾名，一種庶人所戴的帽巾。

吳鹽—吳地所產之鹽質地潔白如雪。

夷齊—殷末孤竹君兩個兒子伯夷和叔齊的並稱。

信陵君—魏公子魏無忌，封為信陵君。仁而下士，當時諸侯以公子賢，多門客，不敢加兵謀魏十餘年。曾竊虎符而救趙，為戰國四公子之一。事見《史記‧信陵君列傳》。

蒼梧—山名，即九疑山，在今湖南寧遠縣南。

「梁王」句—阮籍《詠懷》：「梁王安在哉。」此化用其句。梁王，指梁孝王劉武。

枚馬—指漢代辭賦家枚乘和司馬相如。

汴水—古水名，流經開封、商丘

等地。

未能—一作「莫言」。

五白、六博—皆為古代博戲。

分曹—分對。兩人一對為曹。

且—而。

「東山」二句—《世說新語．排調》：「謝公在東山，朝命屢降而不動，後出為桓宣武司馬，將發新亭，朝士咸出瞻送。高靈時為中丞，亦往相祖。先時多少飲酒，因倚而醉，戲曰：『卿屢違朝旨，高臥東山，諸人每相與言：安石不肯出，將如蒼生何！今亦蒼生將如卿何！』」

魯郡東石門送杜二甫

醉別復幾日，登臨遍池臺。
何時石門路，重有金樽開。
秋波落泗水，海色明徂徠。
飛蓬各自遠，且盡手中杯。

石門—山名，在今山東曲阜縣東北。山不甚高大石峽對峙如門，故名。

杜二甫—即詩人杜甫，因排行第二，故稱他為杜二甫。

池臺—池苑樓臺。

金樽開—指開樽飲酒。

泗水—水名，在山東省東部，源出山東泗水縣陪尾山，向西流經流經曲阜、兗州，由濟寧入運河。

徂徠—山名。徂徠山在今山東泰安市東南。徂音殂。徠音來。

飛蓬—一種植物，莖高尺餘，葉如柳，花如球，常隨風飛揚旋轉，故名飛蓬，又稱轉蓬。

秋獵孟諸夜歸置酒單父東樓觀妓

傾暉速短炬，走海無停川。
冀餐圓丘草，欲以還頹年。
此事不可得，微生若浮煙。
駿發跨名駒，雕弓控鳴弦。
鷹豪魯草白，狐兔多肥鮮。
邀遮相馳逐，遂出城東田。
一掃四野空，喧呼鞍馬前。
歸來獻所獲，炮炙宜霜天。

傾暉—指斜陽。
走海—航行於海上。
圓丘草—仙山圓丘所產的芝草。據說食之可以延年。
頹年—衰老之年。
駿發—英俊風發。
鳴弦—指弓弦。
魯草白—深秋魯地的草已乾枯呈黃白色。
邀遮—約請。
東田—泛指農田。
炮炙—烘烤、燒烤。
霜天—深秋的天氣。

出舞兩美人，飄颻若雲仙。
留歡不知疲，清曉方來旋。

清曉—清晨。
旋—歸去

五月東魯行答汶上翁

五月梅始黃，蠶凋桑柘空。
魯人重織作，機杼鳴簾櫳。
顧余不及仕，學劍來山東。
舉鞭訪前途，獲笑汶上翁。
下愚忽壯士，未足論窮通。
我以一箭書，能取聊城功。
終然不受賞，羞與時人同。
西歸去直道，落日昏陰虹。

東魯—初唐時由魯郡改置的兗州（在今山東省境內）。李白曾寓家兗州的任城縣。

汶上—即汶水之上。

始—一作「子」。

蠶凋—蠶已成繭。

桑、柘—落葉的喬木和灌木，葉子可以養蠶。

櫳—掛簾的窗戶。

顧余不及仕—回想起我沒有出仕做官時。

學劍—李白曾從著名劍術家裴顯在山東學習劍術。

山東—指太行山以東。

獲笑—被人恥笑。

汶上翁—汶水邊的老翁。

下愚—儒家分人二等，以天生愚蠢而不可改變的人為下愚。《論語・陽貨》：「唯上知與下愚不移。」此指汶上翁。

此去爾勿言，甘心為轉蓬。

忽—輕視。
壯士—李白自指。
窮—指政治上失意。
通—指政治上得志。
「我以一箭書」二句—此句典出《史記．魯仲連鄒陽列傳》。戰國時期，齊國的聊城被燕國占領，齊王命大將田單收復聊城，苦戰一年多，傷亡大量士卒，仍無法攻下。當時齊國名士魯仲連寫了一封信，綁在箭上射進聊城城裡，燕國守將看了信便自殺了，齊軍輕取聊城。齊王準備封賞魯仲連，魯仲連卻歸隱去了，不接受封賞。李白用此典說明自己想幹一番事業，卻又不追求功名利祿。
直道—通衢大道。
陰虹—喻指奸臣。
此—一作「我」。
轉蓬—隨風旋轉的蓬草。

東魯門泛舟 二首 其一

日落沙明天倒開，波搖石動水縈洄。
輕舟泛月尋溪轉，疑是山陰雪後來。

東魯門—據《一統志》記載，東魯門在兗州城東。

沙—水旁之地。

天倒開—指天空倒映在水中。

縈洄—水流迴旋的樣子。

泛月—月下泛舟。

尋—這裡是沿、隨的意思。

山陰—今浙江紹興。

山陰雪—據《世說新語‧任誕》記載：東晉人王徽之家住山陰，一夜大雪，四望一片潔白，忽憶好友戴逵家在剡溪（今浙江嵊州），就乘船去訪。經過一夜的時間，才到戴逵家門前，卻不入門而回。人家問他為什麼這樣做，他說：「我本乘興而來，興盡而返，何必見戴？」陰，一作「隱」。

東魯門泛舟 二首 其二

水作青龍盤石堤，桃花夾岸魯門西。
若教月下乘舟去，何啻風流到剡溪？

盤—環繞。

「水作青龍」二句—意指河水像青龍一樣環繞著石堤，流向桃花夾岸的東魯門西邊。

何啻—何異。

風流—這裡指高雅的行為。

剡溪—又名戴溪，在今浙江嵊州曹娥江口。

沙丘城下寄杜甫

我來竟何事，高臥沙丘城。
城邊有古樹，日夕連秋聲。
魯酒不可醉，齊歌空復情。
思君若汶水，浩蕩寄南征。

沙丘—指唐代兗州治城瑕丘。
來—將來，引申為某一時間以後，這裡意指自從你走了以後。
竟—究竟，終究。
高臥—高枕而臥，這裡指閒居。
夕—傍晚，日落的時候。
連—連續不斷。
秋聲—秋風吹動草木之聲。
「魯酒」二句—古來有魯國酒薄之稱。《莊子・胠篋》：「魯酒薄而邯鄲圍。」此謂魯酒之薄，不能醉人；齊歌之豔，聽之無緒，皆因無共賞之人。魯、齊均指山東一帶。空復情，徒有情意。
汶水—魯地河流名，正流今稱大汶河。
浩蕩—廣闊、浩大的樣子。
南征—南行，指代往南而去的杜甫。一說南征指南流之水。

送友人入蜀

見說蠶叢路，崎嶇不易行。
山從人面起，雲傍馬頭生。
芳樹籠秦棧，春流繞蜀城。
升沉應已定，不必問君平。

見說—唐代俗語，即「聽說」。
蠶叢路—代稱入蜀的道路。
山從人面起—人在棧道上走時，緊靠峭壁，山崖好像從人的臉側突兀而起。
雲傍馬頭生—雲氣依傍著馬頭而上升翻騰。
芳樹—開著香花的樹木。
秦棧—由秦（今陝西省）入蜀的棧道。
春流—春江水漲，江水奔流。
蜀城—指成都，也可泛指蜀中城市。
升沉—進退升沉，即人在世間的遭遇和命運。
君平—西漢嚴遵，字君平，隱居不仕，曾在成都以賣卜為生。

遊泰山 三首 其一

四月上泰山，石屏御道開。
六龍過萬壑，澗谷隨縈迴。
馬跡繞碧峰，於今滿青苔。
飛流灑絕巘，水急松聲哀。
北眺崿嶂奇，傾崖向東摧。
洞門閉石扇，地底興雲雷。
登高望蓬流，想像金銀臺。
天門一長嘯，萬里清風來。

泰山—在今山東省泰安市西北。《山東通志》：泰山，在濟南府泰安州北五里，一曰兗鎮。周圍一百六十里，自山下至絕頂四十餘里。上有石表巍然，傳是秦時無字碑。

六龍—《宋書》：天子所御駕六，其餘副車皆駕四。按《尚書》稱：朽索御六馬。《逸禮．王度記》曰：天子駕六。

萬壑—形容連綿的高山澗谷。鮑照詩：「千巖盛阻積，萬壑勢順索。」

飛流—瀑布。

絕巘—高峯。

崿嶂—峰巒。鮑照詩：「合遝崿嶂雲。」

金銀臺—古代傳說中神仙住所裡光輝燦爛的樓臺。郭璞詩：「神

玉女四五人，飄颻下九垓。
含笑引素手，遺我流霞杯。
稽首再拜之，自愧非仙才。
曠然小宇宙，棄世何悠哉。

仙排雲出，但見金銀臺。」

九垓—九州之地。引申為天下各地。郭璞詩：「升降隨長煙，飄颻戲九垓。」

流霞杯—典出《論衡校釋》卷七〈道虛〉。項曼都說有仙人拿一杯「流霞」給他喝，幾個月不會餓。後以「霞杯」指盛滿美酒的酒杯。

仙才—成為神仙的資質。

遊泰山 三首 其二

朝飲王母池，瞑投天門關。
獨抱綠綺琴，夜行青山間。
山明月露白，夜靜松風歇。
仙人遊碧峰，處處笙歌發。
寂靜娛清輝，玉真連翠微。
想像鸞鳳舞，飄颻龍虎衣。
捫天摘匏瓜，恍惚不憶歸。
舉手弄清淺，誤攀織女機。

王母池—又名瑤池，在泰山東南麓。

瞑—傍晚。

天門關—在泰山上。登泰山的道路盤旋曲折，要經過中天門、南天門等處，然後到達山頂。

綠綺—古琴名，相傳司馬相如有綠綺琴。這裡泛指名貴的琴。

松風—風撼松林發出的響聲。

笙歌—吹笙伴歌。

娛—樂。

清輝—月光。

玉真—道觀名。這裡泛指泰山上的道觀。

翠微—指山氣青白色。

鸞鳳—傳說中的仙鳥。

明晨坐相失，但見五雲飛。

龍虎衣—繡有龍虎紋彩的衣服。
捫—摸。
匏瓜—星名。
清淺—指銀河。《古詩十九首．迢迢牽牛星》有「河漢清且淺」之句。
織女—星名。傳說織女是天帝之女，住銀河之東，從事織作，嫁給河西的牛郎為妻。
坐相失—頓時都消失。
但見—只看到。
五雲—五色彩雲。

遊泰山 三首　其三

平明登日觀，舉手開雲關。
精神四飛揚，如出天地間。
黃河從西來，窈窕入遠山。
憑崖覽八極，目盡長空閒。
偶然值青童，綠髮雙雲鬟。
笑我晚學仙，蹉跎凋朱顏。
躊躇忽不見，浩蕩難追攀。

平明—天亮的時候。
日觀—泰山東南的高峰，因能看到太陽升起而得名。
雲關—指雲氣擁蔽如門關。
窈窕—深遠曲折的樣子。
八極—八方極遠之地。
閒—大，廣闊。
值—遇到。
青童—仙童。
綠髮—漆黑的頭髮。
雲鬟—古代婦女梳的環形髮結。這裡指仙童的髮型。
蹉跎—虛度光陰。
凋朱顏—這裡指容貌衰老。
躊躇—猶豫。
浩蕩—廣闊。這裡指廣闊的天空。

登錦城散花樓

日照錦城頭，朝光散花樓。
金窗夾繡戶，珠箔懸銀鉤。
飛梯綠雲中，極目散我憂。
暮雨向三峽，春江繞雙流。
今來一登望，如上九天遊。

錦城散花樓－錦城為成都的別稱。散花樓，一名錦樓，為隋末蜀王楊秀所建。

金窗、繡戶－裝飾華美的門窗。

珠箔－即珠簾。用珍珠綴飾的簾子。

銀鉤－玉製之鉤。

飛梯－即高梯，指通往高處的臺階。

憂－一作「愁」。

三峽－指長江三峽。其說不一，今以瞿塘峽、巫峽、西陵峽為三峽，在四川奉節至湖北宜昌之間。

雙流－縣名。屬成都府，縣在二江（郫江、流江）之間，故得名雙流，即今四川省雙流縣。

謝令妻

素面倚欄鉤，嬌聲出外頭。
若非是織女，何必問牽牛。

謝令妻——向縣令的妻子道歉。

太華觀

厄磴層層上太華，白雲深處有人家。
道童對月閒吹笛，仙子乘雲遠駕車。
怪石堆山如坐虎，老藤纏樹似騰蛇。
曾聞玉井金河在，會見蓬萊十丈花。

太華觀—位於江油縣太華山上。

厄磴—險要的石階。

仙子—指神仙一般的觀主。

坐虎—端坐不動的老虎。

蓬萊十丈花—蓬萊仙山的十丈瓊花。

別匡山

曉峰如畫參差碧，藤影搖風拂檻垂。
野徑來多將犬伴，人間歸晚帶樵隨。
看雲客倚啼猿樹，洗鉢僧臨失鶴池。
莫怪無心戀清境，已將書劍許明時。

匡山—在舊彰明縣北，今江油縣西，李白故里青蓮鄉在匡山之南五十餘里。這首《別匡山》，是李白早期的重要作品。

「曉峰」句—寫匡山的遠景。在晨光中的匡山，高高低低的峰巒，呈現出碧綠的顏色，好像畫圖一般。

藤影—藤蘿的影子。

拂檻垂—形容拂著大明寺的欄杆垂下來。

看雲客—李白自喻。

洗鉢僧—僧侶在寺後池中清洗吃飯用的鉢盂。

失鶴池—指池上曾有白鶴飛來，後來卻不知飛到哪裡去了。

與諸公送陳郎將歸衡陽

衡山蒼蒼入紫冥，下看南極老人星。
回飆吹散五峰雪，往往飛花落洞庭。
氣清嶽秀有如此，郎將一家拖金紫。
門前食客亂浮雲，世人皆比孟嘗君。
江上送行無白璧，臨歧惆悵若為分。

郎將—唐代五品官。

衡陽—唐時郡名，即衡州，隸江南西道。

衡山—五嶽之一。位於湘江西側，長沙與衡陽之間。

紫冥—天空。

南極老人星—在中國傳統天文系統裡是位於井宿的老人星官裡唯一肉眼可見的恆星。

五峰—指祝融、天柱、芙蓉、紫蓋、石廩。

拖金紫—佩帶紫綬金印。比喻官高位顯。

臨歧—古人送別常在岔路口處分手，故把臨別稱為臨歧。

登峨眉山

蜀國多仙山，峨眉邈難匹。
周流試登覽，絕怪安可悉？
青冥倚天開，彩錯疑畫出。
泠然紫霞賞，果得錦囊術。
雲間吟瓊簫，石上弄寶瑟。
平生有微尚，歡笑自此畢。
煙容如在顏，塵累忽相失。
儻逢騎羊子，攜手凌白日。

峨眉山—在今四川峨眉縣西南。因兩山相對，望之如峨眉而得名。

邈—渺茫綿遠。

周流—周遊。

絕怪—絕特怪異。

青冥—青而暗昧的樣子。

泠然—輕舉貌。《文選．江淹．雜體詩》：「泠然空中賞。」

錦囊術—成仙之術。《漢武內傳》載：漢武帝曾把西王母和上元夫人所傳授的仙經放在紫錦囊中。

瓊簫—即玉簫，簫的美稱。

微尚—指學道求仙之願。

煙容—古時以仙人托身雲煙，因而稱仙人為煙容。此處煙容即指臉上的煙霞之氣。

塵累—塵世之煩擾。

騎羊子—即葛由。《列仙傳》卷上：「葛由者。羌人也。周成王時，好刻木羊賣之。一旦騎羊而入西蜀，蜀中王侯貴人追之上綏山。山在峨眉山西南，高無極也。隨之者不復還，皆得仙道。」

王昭君

（一）

昭君拂玉鞍，上馬啼紅頰。
今日漢宮人，明朝胡地妾。

（二）

漢家秦地月，流影照明妃。
一上玉關道，天涯去不歸。
漢月還從東海出，明妃西嫁無來日。

秦地—指原秦國所轄的地域。此處指長安。

明妃—漢元帝宮人王嬙，字昭君，晉代避司馬昭（文帝）諱，改稱明君，後人又稱之為明妃。

玉關—即玉門關。玉門關，漢武帝置。因西域輸入玉石時取道於此而得名。漢時為通往西域各地的門戶。

燕支長寒雪作花，蛾眉憔悴沒胡沙。
生乏黃金枉畫圖，死留青塚使人嗟。

燕支—指燕支山，漢初以前曾為匈奴所據。山上生長一種燕支草，匈奴女子用來化妝，故名。

蛾眉—細長而彎的眉毛，多指美女。

胡沙—西方和北方的沙漠或風沙。

枉圖畫—昭君曾作為掖庭待詔，被選入漢元帝的後宮。當時其他宮女為了早日博得恩寵，都用黃金賄賂宮廷畫師毛延壽，希望把自己畫美，被皇上選中。獨有王昭君自恃貌美，不願行賄，所以毛延壽便在她的畫像上點上喪夫落淚痣。昭君便被貶入冷宮三年，無緣面君。

青塚—即昭君墓。在今內蒙古自治區呼和浩特市南。據說入秋以後塞外草色枯黃，惟王昭君墓上草色青蔥一片，所以叫「青塚」。

鸚鵡洲

鸚鵡來過吳江水，江上洲傳鸚鵡名。
鸚鵡西飛隴山去，芳洲之樹何青青。
煙開蘭葉香風暖，岸夾桃花錦浪生。
遷客此時徒極目，長洲孤月向誰明。

鸚鵡洲—武昌西南長江中的一個小洲。禰衡曾作《鸚鵡賦》於此，故稱。
吳江—指流經武昌一帶的長江。因三國時屬吳國，故稱吳江。
隴山—又名隴坻，山名，在今陝西隴縣西北。
芳洲—香草叢生的水中陸地。這裡指鸚鵡洲。
錦浪—形容江浪像錦繡一樣美麗。
遷客—指被流放過的人。這裡是詩人自稱。
長洲—指鸚鵡洲。
向誰明—意即照何人。

醉後答丁十八以詩譏余捶碎黃鶴樓

黃鶴高樓已捶碎，黃鶴仙人無所依。
黃鶴上天訴玉帝，卻放黃鶴江南歸。
神明太守再雕飾，新圖粉壁還芳菲。
一州笑我為狂客，少年往往來相譏。
君平簾下誰家子，云是遼東丁令威。
作詩調我驚逸興，白雲繞筆窗前飛。
待取明朝酒醒罷，與君爛漫尋春暉。

玉帝—玉皇大帝。

君平簾下—指雅逸生活。

丁令威—道教崇奉的古代仙人。西漢時期遼東人鶴野人，原是一位州官，為政廉潔，愛民如子，兩袖清風。為官之餘，他的最大樂趣就是養鶴。傳說曾學道於靈墟山，後駕鶴升仙。丁令威成仙傳說載於六朝小說《搜神後記》。

尋春暉—尋春遊賞。

襄陽曲 四首 其一

襄陽行樂處，歌舞白銅鞮。
江城回淥水，花月使人迷。

襄陽曲——樂府舊題。

白銅鞮——歌名。相傳為梁武帝所制。一說為南朝童謠名，流行於襄陽一帶。

襄陽曲 四首 其二

山公醉酒時，酩酊高陽下。
頭上白接籬，倒著還騎馬。

山公—即山簡。晉代人，字季倫。「竹林七賢」之一山濤之子，曾任征南將軍，鎮守襄陽。但他不理政務，只知飲酒遊樂，故時人編了首《山公歌》。後成為流行在襄陽一帶的一首兒歌。這首歌詼諧有趣，廣為流傳，常被遊歷襄陽的文人墨客所引用。

白接籬—白色的頭巾。山簡每喝醉了酒，總是倒戴著頭巾，倒騎著馬回家。

襄陽曲　四首　其三

峴山臨漢江，水綠沙如雪。
上有墮淚碑，青苔久磨滅。

墮淚碑—在襄陽峴首山。《晉書·羊祜傳》載：「祜樂山水，每風景，必造峴山，置酒言詠。」羊祜死後，為紀念他的政績，襄陽百姓於峴山祜平生遊憩之所建碑立廟，歲食饗祭焉。望其碑者莫不流涕，杜預因名為墮淚碑。

襄陽曲 四首　其四

且醉習家池，莫看墮淚碑。
山公欲上馬，笑殺襄陽兒。

習家池—又名高陽池，位於湖北襄陽城南約五公里的鳳凰山（又名白馬山）南麓，建於東漢建武年間。《世說新語・任誕》劉孝標注引《襄陽記》：「漢傳中習鬱於峴山南，依范蠡養魚法，作魚池，池邊有高堤，種竹及長楸，芙蓉菱芡覆水，是遊宴名處也。山簡每臨此池，未嘗不大醉而還，曰：『此是我高陽池也。』襄陽小兒歌之。」

下潯陽城，泛彭蠡，寄黃判官

浪動灌嬰井，潯陽江上風。
開帆入天鏡，直向彭湖東。
落景轉疏雨，晴雲散遠空。
名山發佳興，清賞亦何窮。
石鏡掛遙月，香爐滅彩虹。
相思俱對此，舉目與君同。

潯陽—唐代的潯陽郡，即江州。

灌嬰井—又稱浪井、瑞井。今九江市區西園路浪井巷內，有一座方亭護著一口古井，井圈上繩痕深嵌，井壁上青苔斑駁，井底下泉水清澈，相傳與長江相通。據晉張鑒《潯陽記》記載，此井是西漢名將灌嬰在高祖六年領兵屯紮九江時開鑿的，故稱灌嬰井。

天鏡—形容鄱陽湖水天相接、波平如鏡。

何窮—一次又一次，形容觀之不足。

石鏡—傳說廬山東面有石鏡，為一高掛在懸崖上的圓石，平滑光亮，走近可以照見人影。

望廬山五老峰

廬山東南五老峰，青天削出金芙蓉。
九江秀色可攬結，吾將此地巢雲松。

五老峰—廬山東南部相連的五座山峰，形狀如五位老人並肩而立，山勢險峻，是廬山勝景之一。李白曾在此地築舍讀書。
芙蓉—蓮花。山峰秀麗往往以蓮花比之，其色黃，故曰金芙蓉也。
九江—長江自江西九江而分九派，故稱。九江在廬山北面。
攬結—採集、收取。
巢雲松—在白雲松樹間隱居。

別東林寺僧

東林送客處，月出白猿啼。
笑別廬山遠，何煩過虎溪。

廬山—山名，在江西省九江市境內。

虎溪—廬山的一條溪流。東晉高僧慧遠曾發誓一生腳跡不越廬山虎溪。

清溪行

清溪清我心，水色異諸水。
借問新安江，見底何如此。
人行明鏡中，鳥度屏風裡。
向晚猩猩啼，空悲遠遊子。

清溪—河流名。在今安徽境內，流經安徽貴池城，與秋浦河匯合，出池口入長江。

諸—眾多，許多。

新安江—河流名。發源於安徽黃山，在浙江境內流入錢塘江。

度—這裡是飛過的意思。

屏風—原指室內陳設，用以擋風或遮蔽，上面常有字畫。此處喻重疊的山嶺。

向晚—臨近晚上的時候。

猩猩啼—左思《蜀都賦》：「猩猩夜啼。」李善注：猩猩生交趾封溪，似猿，人面，能言語，夜聞其聲如小兒啼。

遊子—久居他鄉的人。作者自指。

望天門山

天門中斷楚江開，碧水東流至此回。
兩岸青山相對出，孤帆一片日邊來。

中斷—從中間斷開。
楚江—即長江。古代長江中游地帶屬楚國，所以叫楚江。
至此—又作「直此」。
回—迴旋，打轉。
兩岸青山—指博望山和梁山。
日邊來—指孤舟從天水相接處的遠方駛來，好像來自天邊。

謝公亭

謝公離別處，風景每生愁。
客散青天月，山空碧水流。
池花春映日，窗竹夜鳴秋。
今古一相接，長歌懷舊遊。

謝公亭—又稱謝亭，為紀念曾任宣城太守的謝朓而建。故址在今安徽宣城城。

一相接—是由於心往神馳而與謝公在精神上的契合。

望九華山贈青陽韋仲堪

昔在九江上，遙望九華峰。
天河掛綠水，秀出九芙蓉。
我欲一揮手，誰人可相從。
君為東道主，於此臥雲松。

韋仲堪—李白好友韋時，時任青陽縣令。

九江—指長江。

臥雲—指隱居。

「昔在九江上」二句—九華山，地處安徽省青陽縣。天寶後期，李白於漫遊途中，曾在九江下游（即安徽貴池至銅陵一帶）的江面上遠眺九華，觀賞山景。篇首二句所言，即指此事。

秀出九芙蓉—詩人把九華山群峰寫成是從水面裊裊露出的九朵芙蓉，漸長漸大，婀娜多姿，令人覺其秀色可餐。

「君為東道主」二句—承接上面的提問，點明韋仲堪正是可以與自己同遊共賞的高人雅士，以贊嘆之筆作結。

金陵三首

三首　其一

晉家南渡日，此地舊長安。
地即帝王宅，山為龍虎盤。
金陵空壯觀，天塹淨波瀾。
醉客回橈去，吳歌且自歡。

長安—唐以後詩文中常用作都城的通稱。這句是說金陵（今江蘇南京）在晉朝南渡後曾作為都城。舊，一作「即」。

「地即」二句—一作「碧宇樓臺滿，青山龍虎盤」。鍾山龍蟠，石頭虎踞，諸葛亮稱為帝王之宅。

天塹—天然的壕溝，言其險要可以隔斷交通。此指長江。

回橈—掉轉船頭，改變航向。橈，船槳。

吳歌—吳地之歌。亦指江南民歌。

金陵三首 三首 其二

地擁金陵勢，城回江水流。
當時百萬戶，夾道起朱樓。
亡國生春草，王宮沒古丘。
空餘後湖月，波上對瀛州。

擁—環抱的樣子。
金陵—這裡指金陵山，即今南京的鍾山。
江—一作「漢」。這句意指江水繞城而流。
當時—指六朝時期。
夾道—在道路兩旁。
國—都城。亡國，指相繼滅亡的六朝的故都金陵。
王宮—一作「離宮」。離宮，正宮之外供帝王出巡時居住的宮室。
空餘—只剩下。
後湖—即金陵城北的玄武湖，在今南京市東北。
瀛洲—傳說中的仙山。這裡指玄武湖中的洲島。

金陵三首　三首　其三

六代興亡國，三杯為爾歌。
苑方秦地少，山似洛陽多。
古殿吳花草，深宮晉綺羅。
並隨人事滅，東逝與滄波。

六代—即吳、東晉、宋、齊、梁、陳六朝，皆都建業。

秦地—指秦國所轄的地域。此指長安。少，一作「小」。

深宮—宮禁之中。

綺羅—泛指華貴的絲織品或絲綢衣服。

與—一作「只」。

滄波—碧波。

金陵城西樓月下吟

金陵夜寂涼風發，獨上高樓望吳越。
白雲映水搖空城，白露垂珠滴秋月。
月下沉吟久不歸，古來相接眼中稀。
解道澄江淨如練，令人長憶謝玄暉。

金陵—古邑名。今南京市的別稱。

涼風—秋風。《禮記·月令》：「（孟秋之月）涼風至，白露降，寒蟬鳴。」

吳越—泛指今江、浙一帶。

空城—荒涼的城市。

白露垂珠—此化用江淹《別賦》「秋露如珠」句意。白露，指秋天的露水。

沉吟—深思。

相接—精神相通、心心相印的意思。

稀—少。

解道—懂得說。

澄江淨如練—《文選》謝朓《晚登三山還望京邑》：「餘霞散成綺，澄江靜如練。」此引其後句，而改動一字。

謝玄暉—即謝朓，南朝齊著名詩人，其字玄暉，曾任過地方官和京官，後被誣陷，下獄死。

夜下征虜亭

船下廣陵去，月明征虜亭。
山花如繡頰，江火似流螢。

征虜亭—東晉時征虜將軍謝石所建，故址在今江蘇省南京市南郊。
廣陵—郡名，在今江蘇省揚州市一帶。
繡頰—塗過胭脂的女子面頰，色如錦繡，因稱繡頰。這裡借喻岸上山花的嬌豔。
江火—江上的漁火。
流螢—飛動的螢火蟲。

秋日登揚州西靈塔

寶塔凌蒼蒼，登攀覽四荒。
頂高元氣合，標出海雲長。
萬象分空界，三天接畫梁。
水搖金剎影，日動火珠光。
鳥拂瓊簾度，霞連繡栱張。
目隨征路斷，心逐去帆揚。
露浴梧楸白，霜催橘柚黃。
玉毫如可見，於此照迷方。

四荒—四方荒遠之地。

標出—高出。

金剎—佛地懸幡的塔柱。

拂—穿過。

梧楸—梧桐與楸樹。

橘柚—柚子與柑橘。

玉毫—玉白的毫毛。

登瓦官閣

晨登瓦官閣，極眺金陵城。
鍾山對北戶，淮水入南榮。
漫漫雨花落，嘈嘈天樂鳴。
兩廊振法鼓，四角吟風箏。
杳出霄漢上，仰攀日月行。
山空霸氣滅，地古寒陰生。
寥廓雲海晚，蒼茫宮觀平。
門餘閶闔字，樓識鳳凰名。

瓦官閣—位於江蘇南京鳳凰臺。

鍾山—山名。位於江蘇省南京市東。東西長約七公里，南北寬約三公里。多紫紅色砂頁岩、石英礫岩、石英岩。名勝古蹟有中山陵、明孝陵、靈谷寺等。也稱為「北山」、「紫金山」。

淮水—即秦淮，源於句容、溧水兩山間，自方山合流至建鄴。

雨花—《阿彌陀經》：「彼佛國土，常作天樂，晝夜六時，雨天曼陀羅花。天樂者，天人所作音樂，清暢嘹亮，微妙和雅，一切音聲所不能及。雨花者，諸天於空中散花供養。若雨之從天而下，故

雷作百山動，神扶萬栱傾。
靈光何足貴，長此鎮吳京。

曰雨花。」
法鼓—《法華經》：「今佛世尊欲說大法，雨大法雨，吹大法螺，擊大法鼓。」
風箏—簷鈴。俗呼風馬兒。
閶闔—按《宮苑記》：「晉成帝修新宮，南面開四門，最西曰西掖門，正中曰大司馬門，次東曰南掖門，最東曰東掖門。南掖門，宋改閶闔門，陳改端門。」
鳳凰樓—在鳳臺山上。宋元嘉中建。

醉後贈王歷陽

書禿千兔毫，詩裁兩牛腰。
筆蹤起龍虎，舞袖拂雲霄。
雙歌二胡姬，更奏遠清朝。
舉酒挑朔雪，從君不相饒。

王歷陽—指歷陽姓王的縣丞。歷陽縣，秦置。隋唐時，為歷陽郡治。

兔毫—毛筆。

牛腰—牛的腰部。喻詩文數量之大。

「書禿千兔毫」二句—是說王歷陽寫字，磨禿了千枝兔毫毛筆；詩作數量很大，捲起來足有兩牛腰那樣粗。「千兔毫」、「兩牛腰」均言其多，直率而且逼真。

胡姬—指北方或西方的外族少女，古人詩中常指在胡人酒店中賣酒的年輕女子，始於唐朝。

清朝—清朝的樂曲。指春秋時齊國的賢人寧戚所作的《寧戚歌》。

朔雪—北方的雪。

從軍行

從軍玉門道，逐虜金微山。
笛奏梅花曲，刀開明月環。
鼓聲鳴海上，兵氣擁雲間。
願斬單于首，長驅靜鐵關。

玉門—指玉門關。
金微山—即今天的阿爾泰山。東漢竇憲曾在此擊破北匈奴。
梅花曲—指歌曲《梅花落》，是橫吹曲辭。
刀開明月環—帶環的戰刀像明月似的閃亮。
海上—瀚海，指沙漠。
單于—匈奴首領，此處泛指西域小國的領袖。
鐵關—指鐵門關。在今新疆維吾爾自治區境內。

塞下曲 六首 其一

五月天山雪，無花只有寒。
笛中聞折柳，春色未曾看。
曉戰隨金鼓，宵眠抱玉鞍。
願將腰下劍，直為斬樓蘭。

天山—指祁連山。

折柳—即《折楊柳》，古樂曲名。

金鼓—指鑼，進軍時擊鼓，退軍時鳴金。

「願將腰下劍」二句—用傅介子慷慨復仇的故事，表現詩人甘願赴身疆場，為國殺敵的雄心壯志。「直」與「願」字呼應，語氣斬截強烈。

塞下曲 六首 其二

天兵下北荒，胡馬欲南飲。
橫戈從百戰，直為銜恩甚。
握雪海上餐，拂沙隴頭寢。
何當破月氏，然後方高枕。

天兵—指漢朝軍隊。

銜恩—受恩。

甚—多。

海—瀚海，大沙漠。

隴頭—田野。

月氏—西北古代民族。《史記・大宛傳》載：「始月氏居敦煌、祁連間」，約今甘肅省蘭州以西直到敦煌的河西走廊一帶。

高枕—高枕無憂。

塞下曲 六首 其三

駿馬似風飆，鳴鞭出渭橋。
彎弓辭漢月，插羽破天驕。
陣解星芒盡，營空海霧消。
功成畫麟閣，獨有霍驃姚！

鳴鞭—馬鞭揮動時發出聲響。

渭橋—在長安西北渭水上。

天驕—指匈奴。

海霧—沙漠上的霧氣，指戰爭的氣氛。

麟閣—即麒麟閣。

霍驃姚—即霍去病。

塞下曲 六首 其四

白馬黃金塞，雲砂繞夢思。
那堪愁苦節，遠憶邊城兒。
螢飛秋窗滿，月度霜閨遲。
摧殘梧桐葉，蕭颯沙棠枝。
無時獨不見，流淚空自知。

雲砂—細碎的石粒，指邊塞風光。
沙棠—植物名，果味像李子。
獨不見—為樂府古題，吟誦的是思而不得見的落寞愁緒。

塞下曲 六首 其五

塞虜乘秋下，天兵出漢家。
將軍分虎竹，戰士臥龍沙。
邊月隨弓影，胡霜拂劍花。
玉關殊未入，少婦莫長嗟。

虎竹－指兵符，是古代調兵的憑證。有銅鑄成虎形的虎符和竹製者，剖成兩半，右半留存中央，左半給帶兵的將軍。

龍沙－今新疆境內的白龍堆沙漠。

劍花－劍刃表面的冰裂紋。

「玉關」二句－漢武帝命李廣利為貳師將軍，帶兵數萬人去西域取名馬。由於戰鬥不利，在西域兩年，士兵只剩下十分之一二。李廣利上書請求武帝罷兵，武帝大怒，命使者遮住「玉門」說：「軍有敢入，斬之。」李廣利只好暫住敦煌。這裡的「玉門」可能是漢代在敦煌東門縣，今甘肅玉門市西北赤金堡一帶。

殊－遠。

嗟－感嘆。

塞下曲 六首 其六

烽火動沙漠，連照甘泉雲。
漢皇按劍起，還召李將軍。
兵氣天上合，鼓聲隴底聞。
橫行負勇氣，一戰淨妖氛。

甘泉—甘泉山，秦時在山上造甘泉宮，漢武帝擴建。
合—滿。
隴底—山坡下。
負—憑借。
淨—一作「靜」。
妖氛—指敵人。

戰城南

去年戰，桑乾源；今年戰，蔥河道。
洗兵條支海上波，放馬天山雪中草。
萬里長征戰，三軍盡衰老。
匈奴以殺戮為耕作，
古來唯見白骨黃沙田。
秦家築城備胡處，漢家還有烽火燃。
烽火燃不息，征戰無已時。
野戰格鬥死，敗馬號鳴向天悲。

戰城南—漢代的民歌《鼓吹鐃歌十八曲》中，有「戰城南」曲，為哀悼戰死將士之作。

桑乾源—桑乾河的源頭。桑乾河發源於山西省，是流經北京西方的河川。

蔥河—帕米爾高原，又名「蔥嶺」，從蔥嶺流向新疆省的河，叫做蔥嶺河，簡稱「蔥河」。

「去年戰」四句—唐玄宗天寶元年（西元七四二年），在桑乾河的源頭，與突厥發生戰爭；天寶六年（西元七四七年），又在蔥嶺河流域，與吐蕃兵戎相見。烽火可謂連綿不斷。

洗兵—清洗武器。

條支—地中海東岸的敘利亞。

放馬—為準備下一次戰爭而牧馬。

天山—新疆省的山脈。

烏鳶啄人腸，銜飛上掛枯樹枝。
士卒塗草莽，將軍空爾為。
乃知兵者是凶器，
聖人不得已而用之。

「秦家」二句—秦朝築長城是為了抵禦匈奴，唐代卻還繼續在那兒燃起烽火。「漢」在唐詩中，指的是唐朝。

烏鳶—烏鴉和禿鷹。

兵者—指刀槍。

元丹丘歌

元丹丘，愛神仙。
朝飲潁川之清流，暮還嵩岑之紫煙，
三十六峰長周旋。
長周旋，躡星虹。
身騎飛龍耳生風，橫河跨海與天通，
我知爾遊心無窮。

元丹丘—李白二十歲左右在蜀中認識的道友，是李白一生中最重要的交遊人物之一，曾一起在河南嵩山隱居。

愛神仙—喜好神仙之事。

潁川—這裡指潁水，即今潁河，源出河南省登封市嵩山西南陽乾山，東南流至今安徽潁上縣東南入淮河。

嵩岑—嵩山之巔。岑，山小而高曰岑，此泛指山。

紫煙—紫色的雲氣。

三十六峰—王琦注引《河南通志》：嵩山，居四嶽之中，故謂之中嶽。其山二峰，東曰太室，西曰少室。南跨登封，北跨鞏邑，西跨洛陽，東跨密縣，綿亘一百五十餘里。少室山，潁水出焉。共有三十六峰。

躡星虹—指登上星宿和彩虹。躡是踏的意思。星虹，指流星和虹霓。

身騎飛龍—道家有駕龍飛升之說。

與天通—上通天界。

王右軍

右軍本清真，瀟灑出風塵。
山陰遇羽客，愛此好鵝賓。
掃素寫道經，筆精妙入神。
書罷籠鵝去，何曾別主人。

王右軍—王羲之的官職做到右軍將軍，世稱「王右軍」。
清真—性格清高直率，純潔質樸。
瀟灑—灑脫，毫無拘束。
風塵—這裡指汙濁紛擾的仕宦生活。
山陰—即今浙江紹興。
羽客—亦稱「羽士」。羽，有「飛升」的意思。
好—喜愛。
鵝賓—鵝的賓客。這裡指王羲之。
掃素—素，白絹。意為在白絹上飛快地書寫。
道經—即《道德經》。
筆精—筆的精魂，喻精通筆法。
入神—達到神妙的境界。
籠鵝—把鵝裝進籠裡。
去—離開。
主人—指上句的羽客山陰道士。

觀胡人吹笛

胡人吹玉笛，一半是秦聲。
十月吳山曉，梅花落敬亭。
愁聞出塞曲，淚滿逐臣纓。
卻望長安道，空懷戀主情。

秦聲—秦地之樂曲。
梅花—笛曲，亦稱《梅花落》，屬樂府之《橫吹曲辭》。
敬亭—山名，在安徽宣州市南。
出塞—古樂府名，亦屬橫吹曲辭。
卻望—再望，回望。

白鳩辭

鏗鳴鐘，考朗鼓。歌白鳩，引拂舞。
白鳩之白誰與鄰，霜衣雪襟誠可珍。
含哺七子能平均。食不噎，性安馴。
首農政，鳴陽春。
天子刻玉杖，鏤形賜耆人。
白鷺之白非純真，外潔其色心匪仁。
闕五德，無司晨，
胡為啄我葭下之紫鱗。

白鳩—一種罕見的鳥，古代認為代表吉祥與德行。舞曲及歌詞以白鳩為名，也是取其吉祥之意。

白鳩辭—指夷則格上白鳩拂舞辭。夷則格，南朝梁舞蹈名。拂舞，樂人執拂而舞，以指揮節拍。

鏗鳴鐘，考朗鼓—指敲擊鐘鼓，發出響亮的聲音。鏗，撞。考，擊。朗，聲音響亮。

「白鳩」句—指白鳩毛色的潔白，無物可比。鄰，比。

食不噎—喻不貪。噎，指咽。

首農政—服從農業政令。首，服從。

鳴陽春—白鳩每到農耕該開始的春天，便鳴啼報時，使農人不忘農事。

「天子」二句—指天子為老年人所賜之玉杖，上端雕刻白鳩。《後

鷹鸇雕鶚，貪而好殺。

鳳凰雖大聖，不願以為臣。

漢書・立秋》：仲秋之月，縣道皆按戶比民。年始七十者，授之玉杖，哺之以糜粥。八十、九十，禮有加賜。玉杖長九尺，端以鳩鳥為飾。鳩者，不咽之鳥也，欲老人不咽。

闕五德—指白鷺不如雞有五德。《韓詩外傳》：君獨不見雞乎？首戴冠者，文也；足傅距者，武也；敵在前敢鬥者，勇也；得食相告，仁也；守夜不失時，信也。雞有此五德。闕，通「缺」。

無司晨—指白鷺不如雞之能報曉。司，掌管。

「胡為」句—質問白鷺何以啄食蘆葦下的魚類，與人類爭食。葭，蘆葦。紫鱗，指魚類。

鷹鸇雕鶚—四種猛禽。

秋浦清溪雪夜對酒客有唱鷓鴣者

披君貂襜褕，對君白玉壺。
雪花酒上滅，頓覺夜寒無。
客有桂陽至，能吟山鷓鴣。
清風動窗竹，越鳥起相呼。
持此足為樂，何煩笙與竽。

秋浦—縣名，唐時隸池州。清溪在其北。

鷓鴣—《山鷓鴣》，羽調曲。

君—一作「我」。

襜褕—直襟的單衣。

桂陽—唐時郡名，即郴州。

越鳥—即鷓鴣。以越地最多，故謂之越鳥。

【第二章】

碧海青天 李商隱（西元八一三—八五八）

李商隱，字義山，號玉谿生，懷州河內（今河南省沁陽縣）人。他和當時牛僧孺、李德裕兩派都有關係，其後李為牛黨所排擠，雖屢次向牛黨令狐綯上書、獻詩，仍遭到冷落。李商隱終身寄人籬下，仕途坎坷，寫下許多晦澀曲折的詩。

李商隱的詩，文字音韻都非常優美，尤其是他的無題詩，已成為描寫愛情的絕唱。晚唐詩人以杜牧、李商隱、溫庭筠三人為代表，而李商隱尤為出類拔萃。此外，他與溫庭筠、段成式都是排行第十六，時人稱他們的作品為「三十六體」。

李商隱著有《樊南甲集》、《樊南乙集》各二十卷，《李義山詩集》三卷。《舊唐書》、《新唐書》都收有他的傳。

蟬

本以高難飽，徒勞恨費聲。
五更疏欲斷，一樹碧無情。
薄宦梗猶汎，故園蕪已平。
煩君最相警，我亦舉家清。

「本以」二句—自喻清高。

「薄宦」句—做小官，如同草梗隨流飄泊。

「故園」句—喻故園已平蕪荒廢。

舉家—全家。

風雨

淒涼寶劍篇，羈泊欲窮年。
黃葉仍風雨，青樓自管絃。
新知遭薄俗，舊好隔良緣。
心斷新豐酒，銷愁斗幾千。

寶劍篇—為郭震所作之文章。此言懷才不遇，無人賞識。

青樓—富貴者所居之樓宇。

薄俗—言世俗澆薄。

新豐酒—此有思鄉之意。

斗—一作「又」。

柳

動春何限葉？撼曉幾多枝！
解有相思否？應無不舞時！
絮飛藏皓蝶，帶弱露黃鸝。
傾國宜通體，誰來獨賞眉？

皓蝶—雪白的蝴蝶。
露黃鸝—使黃鸝鳥兒藏不住。
「傾國」二句—那絕色的美貌應從全身整體去欣賞，誰會來獨賞妳如眉的葉子呢？

落花

高閣客竟去，小園花亂飛。
參差連曲陌，迢遞送斜暉。
腸斷未忍掃，眼穿仍欲歸。
芳心向春盡，所得是沾衣。

參差—不齊貌。
曲陌—彎曲的田間小道。
迢遞—遙遠的樣子。
歸—指春欲歸來花兒再開。
向春盡—心已隨春天的離去而傷盡。
沾衣—指淚濕衣襟。

涼思

客去波平檻，蟬休露滿枝。
永懷當此節，倚立自移時。
北斗兼春遠，南陵寓使遲。
天涯占夢數，疑誤有新知。

波平檻—指夏水漲高與欄檻平齊。
移時—好一會兒。
北斗—星宿名。喻所懷念的人。
南陵—南陵寓所。今安徽省蕪湖縣南。
占夢數—憑著夢境占斷了幾次。
新知—新結交的朋友。

錦瑟

錦瑟無端五十絃，一絃一柱思華年。
莊生曉夢迷蝴蝶，望帝春心託杜鵑。
滄海月明珠有淚，藍田日暖玉生煙。
此情可待成追憶，只是當時已惘然。

錦瑟—裝飾華美的瑟。

「錦瑟」句—通常二十五絃，此說五十絃，取斷絃之義。

無端—無緣無故。

「望帝」句—《寰宇記》：「蜀王杜宇，號望帝，後因禪位，自亡去，化為子規。」

「滄海」句—相傳珍珠是由南海鮫人（神話中的人魚）的眼淚變成。

藍田—即藍田山，在今陝西藍田縣，為有名的產玉之地。相傳寶玉埋在地下，在陽光下，良玉上空會出現煙雲。這裡化用其意，表示自己青春時代美好願望已如藍田煙雲，可望而不可即。

無題

相見時難別亦難，東風無力百花殘。
春蠶到死絲方盡，蠟炬成灰淚始乾。
曉鏡但愁雲鬢改，夜吟應覺月光寒。
蓬山此去無多路，青鳥殷勤為探看。

時—指時刻。
難—指做不到。
「春蠶」二句—春蠶吐絲形容情感之多，蠟炬有心（芯）則代表情感之深。
雲鬢改—形容白髮漸漸變多。
吟—心靈痛苦所發出的哼聲。
蓬山—指的是神仙的住處。
青鳥—指王母身旁的送信小鳥。
殷勤—指小心。

隋宮

乘興南遊不戒嚴，九重誰省諫書函。
春風舉國裁宮錦，半作障泥半作帆。

隋宮－指隋煬帝楊廣在江都所建行宮。

南遊－隋煬帝自大業元年起，曾三次遊揚州。

不戒嚴－隋煬帝南遊時，為顯示天子的氣派，任人觀看，連必要的防備措施都不實行。

九重－指皇帝居住的深宮，這裡指隋煬帝同那些附和他南遊的大臣。

誰省諫書函－誰能看了函封的諫書以後而醒悟過來呢？

宮錦－依照宮廷規定的樣式織成的錦緞。

障泥－馬韉，墊在馬鞍下面，垂於馬體兩旁，用來擋住泥土。

無題

鳳尾香羅薄幾重？碧文圓頂夜深縫。
扇裁月魄羞難掩，車走雷音語未通。
曾是寂寥金燼暗，斷無消息石榴紅。
斑騅只繫垂楊岸，何處西南待好風。

鳳尾香羅—一種織有鳳尾紋、芳香美麗的綺羅。羅，綾的一種。

碧文圓頂—指有青碧花紋的圓頂羅帳。

扇裁—指以團扇掩面。東漢班婕妤歌：「裁為合歡扇，團圓似明月」。

月魄—月亮。

雷音—形容車聲如雷。

金燼—燈盞的殘燼。

石榴紅—石榴花開的季節。表示春已盡。

斑騅—毛色青白相間的馬。此指作者所乘的馬。

「何處」句—希望一陣清風，把自己吹送到意中人的身邊。

無題

重幃深下莫愁堂，臥後清宵細細長。
神女生涯原是夢，小姑居處本無郎。
風波不信菱枝弱，月露誰教桂葉香。
直道相思了無益，未妨惆悵是清狂。

莫愁—典出《樂府詩集》中梁武帝所寫的《河中之水歌》：「河中之水向東流，洛陽女兒名莫愁……十五嫁為盧家婦，十六生兒字阿侯。」

臥後—醒後。

神女—即宋玉《高唐賦》與《神女賦》中的巫山神女。

「小姑」句—宋人郭茂倩所編《樂府詩集》中的《青溪小姑曲》：「開門白水，側近橋梁。小姑所居，獨處無郎。」

「風波」句—暗示女子生活不順遂，亦得不到同情與幫助。「不信」是明知菱枝為弱質而偏加摧折。

「直道」二句—意謂即使相思全無好處，但這種惆悵之心，也好算是癡情了。

籌筆驛

猿鳥猶疑畏簡書，風雲長為護儲胥。
徒令上將揮神筆，終見降王走傳車。
管樂有才終不忝，關張無命欲何如？
他年錦里經祠廟，梁父吟成恨有餘。

籌筆驛—即今之朝天驛，在四川廣元縣與陝西陽平關之間。諸葛亮伐魏，曾駐此地籌畫軍事。

簡書—指軍中文書命令。

儲胥—指藩籬柵欄之類。

上將—指諸葛亮。

降王—指蜀漢後主劉禪。

傳—即傳舍，驛站旅舍。

管樂—指春秋戰國時賢相名將管仲、樂毅。諸葛亮曾自比二人。

不忝—無愧。

關張—蜀漢大將關羽、張飛。

錦里—里巷名，在成都城南，有諸葛武侯祠。

梁父吟—也作「梁甫吟」。古代葬歌，古辭今已不傳。

無題

昨夜星辰昨夜風，畫樓西畔桂堂東。
身無綵鳳雙飛翼，心有靈犀一點通。
隔坐送鉤春酒暖，分曹射覆蠟燈紅。
嗟余聽鼓應官去，走馬蘭臺類斷蓬。

畫樓、**桂堂**—皆比喻富貴人家的屋舍。

靈犀—舊說犀牛神異，角中有白紋，因以比喻心心相通。

送鉤—也稱藏鉤。古代臘日的一種遊戲，分二曹以較勝負。把鉤互相傳送後，藏於一人手中，令人猜測。

分曹—分組。

射覆—在覆器下放著東西令人猜。藉喻宴會時的熱鬧。

鼓—指更鼓。

應官—指上班。

蘭臺—即祕書省，掌管圖書祕籍。

春雨

悵臥新春白袷衣，白門寥落意多違。
紅樓隔雨相望冷，珠箔飄燈獨自歸。
遠路應悲春晼晚，殘宵猶得夢依稀。
玉璫緘札何由達？萬里雲羅一雁飛。

白袷衣—白色的夾衣。

白門—地名。喻李商隱在此發生的一段情。

「紅樓」句—隔著春雨望紅樓而有寒意，且暗指佳人已去，情意已冷。

珠箔—珠簾。

晼晚—日落暮晚。

玉璫緘札—玉璫，耳珠。緘札，書信。

雲羅—陰雲密布。

無題

來是空言去絕蹤，月斜樓上五更鐘。
夢為遠別啼難喚，書被催成墨未濃。
蠟照半籠金翡翠，麝熏微度繡芙蓉。
劉郎已恨蓬山遠，更隔蓬山一萬重。

五更鐘—天將亮時所發的鐘鼓聲。

金翡翠—漆金的翡翠屏風。

「麝熏」句—指麝香熏過的衾被，香氣從芙蓉帳裡微透出來。

劉郎—指東漢劉晨與阮肇入山遇仙女事。見《幽明錄》。

蓬山—相傳為仙人住的地方。在此比喻伊人所住的地方。

無題

颯颯東風細雨來，芙蓉塘外有輕雷。
金蟾齧鎖燒香入，玉虎牽絲汲井迴。
賈氏窺簾韓掾少，宓妃留枕魏王才。
春心莫共花爭發，一寸相思一寸灰。

颯颯—風聲。

「金蟾」句—口銜鎖環的蟾形香爐雖然緊閉，燒香仍可投入。

「玉虎」句—飾有玉虎的井雖深，但汲水的繩索仍可汲引。

「賈氏」句—賈充之女偷看韓壽，後來兩人結為夫婦。

「宓妃」句—洛水女神把枕頭留給魏王，只因愛上他的才情。

天涯

春日在天涯，天涯日又斜。
鶯啼如有恨，為濕最高花。

「春日」二句—上句以「天涯」作結，下句以「天涯」開端，修辭學上稱這種句式為「頂真格」。首句「天涯」指遠方異地，次句「天涯」指天邊。春日，即春天。

「為濕」句—假若鶯鳥有情，定會為春日將逝而淚濕花枝。最高花，意味花將開盡，春日將逝。

滯雨

滯雨長安夜，殘燈獨客愁。
故鄉雲水地，歸夢不宜秋。

滯雨—久雨不止。

登樂遊原

向晚意不適，驅車登古原。
夕陽無限好，只是近黃昏。

意不適——心裡不快。
古原——指樂遊原。

夜雨寄北

君問歸期未有期，巴山夜雨漲秋池。
何當共剪西窗燭，卻話巴山夜雨時？

巴山—泛指四川的山。
何當—何日。
卻話—重談。

寄令狐郎中

嵩雲秦樹久離居，雙鯉迢迢一紙書。
休問梁園舊賓客，茂陵秋雨病相如。

令狐—指令狐綯，令狐楚之子，詩人年輕時的舊友。令狐綯時任右司郎中，所以稱他「令狐郎中」。

嵩雲秦樹—指居住在河南洛陽的自己和居住在陝西長安的令狐綯。因雲樹為分離兩地的友人所見到的相同景物，故藉以表示自己和令狐綯雖分居兩處卻又思念不斷。

雙鯉—書信的代稱。

梁園—漢梁孝王劉武的宮苑，司馬相如因不受景帝賞識，成為梁孝王的座上賓。李商隱從大和三年至開成二年曾三入令狐楚的幕府，得到令狐楚的知遇之恩，並同令狐楚之子令狐綯等交遊。故此以梁園比作令狐楚的官邸。

舊賓客—作者自喻，即以在梁孝

王處作貴客的司馬相如比作自己。

「茂陵」句──司馬相如晚年失意，稱病閒居，後因病被免除孝文園令之職，遂「家居茂陵」。作者此時也患病，故以「病相如」自稱。茂陵，在今陝西興平縣東北，因漢武帝陵墓而得名。

為有

為有雲屏無限嬌，鳳城寒盡怕春宵。
無端嫁得金龜婿，辜負香衾事早朝。

雲屏—用雲母石裝飾的屏風，為內室中富麗陳設，多官宦人家使用。

鳳城—傳說秦穆公之女弄玉，吹簫引來鳳凰，降於秦京咸陽。後因以「鳳城」作為帝都的代稱，又叫鳳凰、丹鳳城。

金龜婿—《舊唐書‧輿服誌》：「天授元年，改內外所佩魚並作龜，三品以上龜袋用金飾，四品用銀飾，五品用銅飾。」可知唐代顯官才能佩金色的龜袋。婿，丈夫。

早朝—百官早晨時會見君王稱早朝。

瑤池

瑤池阿母綺窗開，黃竹歌聲動地哀。
八駿日行三萬里，穆王何事不重來？

瑤池—神話中的地名。本詩藉以諷刺本朝皇帝求仙。

阿母—西王母，又稱為玄都阿母。

黃竹—歌曲名，《穆天子傳》說，周穆王在到黃竹的路上看到有人挨凍，便作《黃竹》歌三章表示哀憐。

動地哀—形容歌聲十分悲淒。

八駿—據說周穆王有赤驥、盜驪、白義、逾輪、山子、渠黃、華騮、綠耳等八匹駿馬。

穆王—西周天子，姓姬名滿，後世傳說他曾周遊天下。

嫦娥

雲母屏風燭影深，長河漸落曉星沉。

嫦娥應悔偷靈藥，碧海青天夜夜心。

雲母屏風—鑲嵌裝飾著雲母的屏風。

長河—銀河。

曉星—黎明前出現於東方夜空的啟明星。

賈生

宣室求賢訪逐臣，賈生才調更無倫。
可憐夜半虛前席，不問蒼生問鬼神。

賈生—指賈誼，曾上書漢文帝提出削弱諸侯割據勢力、抗禦匈奴侵擾等重要主張。

宣室—漢代未央宮前殿正室，文帝於此處接見賈誼。

逐臣—遭貶被逐的朝臣，此指賈誼。賈誼曾被文帝任為太中大夫，後遭人反對貶為長沙王太傅。過數年後被文帝召回長安，接見時文帝正舉行過祭祀，坐在宣室中。

才調—才華，才氣。

無倫—無人及得上。

可憐—可惜。

虛—白白地，徒然。

前席—向前挪近座席上的雙膝，靠對方近一些。

蒼生—百姓，此指有關國計民生的大事。

鈞天

上帝鈞天會眾靈，昔人因夢到青冥。
伶倫吹裂孤生竹，卻為知音不得聽。

鈞天—天之中央。古時相傳天有九野，上帝的宮殿在天的中央，稱為鈞天。

「昔人」句—春秋時，趙簡子病，昏迷不省人事。神醫扁鵲診斷說，秦穆公亦曾得此病，七日醒後自言夢入鈞天，與諸神仙共聽仙樂。趙簡子醒來，所夢情境與秦穆公相同。青冥，青天。

伶倫—黃帝的樂官。

孤生竹—單獨長得特出的竹子，可取以為笛。故孤竹亦為竹笛之代稱。

悼傷後赴東蜀辟至散關遇雪

劍外從軍遠，無家與寄衣。
散關三尺雪，回夢舊鴛機。

悼傷—即悼亡，指喪妻。
東蜀—即東川，治所在梓州（今四川三臺縣）。
散關—又稱大散關，在今陝西寶雞市西南。
劍外—劍閣之外。劍閣在今四川劍閣縣北。
從軍—指赴節度使幕。
鴛機—刺繡的工具。

二月二日

二月二日江上行，東風日暖聞吹笙。
花鬚柳眼各無賴，紫蝶黃蜂俱有情。
萬里憶歸元亮井，三年從事亞夫營。
新灘莫悟遊人意，更作風檐夜雨聲。

二月二日—蜀地風俗，二月二日為踏青節。

東風—春風。

笙—一種管樂器。用若干根裝有簧的竹管和一根吹氣管裝在一個鍋形的座子上製成的。

花鬚—花蕊。因花蕊細長如鬚，所以稱為花鬚。

柳眼—柳葉的嫩芽。因嫩芽如人睡眼方展，所以稱為柳眼。

無賴—本指人多詐狡獪，這裡形容花柳都在任意地生長，從而撩起遊人的羈愁。

元亮井—這裡指故里。元亮，東晉詩人陶淵明的字。

亞夫營—這裡借指柳仲郢的軍幕。亞夫，即周亞夫，漢代的將軍。他曾屯兵在細柳（在今陝西咸陽西南）防禦匈奴，以軍紀嚴明著稱，後人稱為「亞夫營」、「細柳營」或「柳營」。

遊人—作者自指。

風檐雨夜聲—夜間檐前風吹雨打的聲音。這裡用來形容江邊浪潮聲的淒切。

曲江

望斷平時翠輦過，空聞子夜鬼悲歌。
金輿不返傾城色，玉殿猶分下苑波。
死憶華亭聞唳鶴，老憂王室泣銅駝。
天荒地變心雖折，若比傷春意未多。

望斷—望盡，向遠處眺望直至不見。

翠輦—帝王乘坐的車子，車蓋上往往用翠羽做裝飾。

「**空聞」句**—曲江一片荒涼，只能在夜半時聽到冤鬼的悲哭聲。

金輿—后妃乘坐、裝飾華美的車子。

傾城色—代指有傾城傾國之貌的美女。

玉殿—指皇宮。

下苑—指曲江，曲江與御溝相通而地勢較高，江水從曲江流向玉殿旁的御溝，所以說「分波」。

華亭聞唳鶴—西晉的陸機被宦官孟玖讒言所害，受到誅殺，臨死前悲歎道：「華亭鶴唳，豈可復聞乎？」後以「華亭鶴唳」為感慨生平，悔入仕途之典。

泣銅駝—西晉滅亡前，後將軍索靖預感天下將有大亂，指著洛陽宮門前的銅駝歎息道：「會見汝在荊棘中耳！」後來「銅駝」、「泣銅駝」等說法都含有王朝將傾、天下將亂的哀歎。

宮妓

珠箔輕明拂玉墀，披香新殿鬬腰支。
不須看盡魚龍戲，終遣君王怒偃師。

宮妓—原以供天子娛樂，性質類似朝鮮之宮妓，起源不可考。這裡指唐代宮廷教坊中的歌舞妓。

珠箔—即珠簾。

玉墀—指宮殿前台階上的白石地面。

披香新殿—漢代未央宮有披香殿，是漢成帝的皇后趙飛燕歌舞過的地方。唐代慶善宮中也有披香殿，「新殿」或取義於此。但此處主要是借這個色彩香豔而又容易喚起歷史聯想的殿名，來渲染宮廷歌舞特有的氣氛。

鬬腰支—形容歌妓翩躚起舞的柔媚之態。

魚龍戲—本指古代百戲中由人裝扮成珍異動物進行奇幻的表演，借喻宮妓新穎變幻的舞姿。

怒偃師—《列子・湯問》：傳說周

穆王西巡途中，遇到一位名叫偃師的能工巧匠。偃師獻上一個會歌舞表演的「假倡」，穆王以為是真人，和寵姬一起觀賞它的表演。歌舞快結束時，假倡「瞬其目而招王之左右侍妾」，穆王生氣，要殺偃師，嚇得偃師立即剖解假倡，露出革木膠漆等製造假倡的原料，終於免禍。

寄蜀客

君到臨邛問酒壚，近來還有長卿無。
金徽却是無情物，不許文君憶故夫。

蜀客—作者的一位朋客。

臨邛—卓文君的故鄉，即今四川省臨峽縣。

酒壚—酒店裡安置酒甕的土墩子，也為酒店的代稱。

長卿—司馬相如，長卿是其字。少好學，喜劍，因慕藺相如之為人，故效其名，景帝時為武常侍，因病免。所作《子虛賦》、《上林賦》、《大人賦》為武帝所賞識，拜為郎。曾奉使西南，後為孝文園令。其賦大都描寫帝王苑囿之盛、田獵之樂，極盡鋪張之能事，於篇末則寄寓諷諫。富於文采，但有堆砌辭藻之病，原集已佚。明人輯有《司馬文園集》。

金徽—即琴徽，指琴。

故夫—指卓文君先夫，其先夫病故居家，與司馬相如相戀。此句意思是説，琴做他們的媒介却是那樣地無情，致使卓文君不再思念自己的前夫。

夜飲

卜夜容衰鬢，開筵屬異方。
燭分歌扇淚，雨送酒船香。
江海三年客，乾坤百戰場。
誰能醉酩酊，淹臥劇清漳。

卜夜—春秋時齊陳敬仲為工正，請桓公飲酒，桓公高興，命舉火繼飲，敬仲辭謝說：「臣卜其晝，未卜其夜，不敢。」見《左傳・莊公二十二年》。《晏子春秋・雜上》、漢劉向《説苑・反質》以為齊景公與晏子事。後稱盡情歡樂晝夜不止為「卜晝卜夜」。

衰鬢—年老而疏白的鬢髮。多指暮年。

開筵—設宴；擺設酒席。

歌扇—古時歌舞者演出時用的扇子，用以掩口而歌。

酒船—一指供客人飲酒遊樂的船，二指酒杯。

江海—泛指四方各地。

三年客—指作者在蜀地已經三年。

乾坤—稱天地。

酩酊—大醉貌。

淹—久留，久滯。

清漳—漳河上游的一大支流，在山西省東部。此句用漢末劉楨典故。劉楨《贈五官中郎將》詩之二：「余嬰沉痼疾，竄身清漳濱。」

咸陽

咸陽宮殿鬱嵯峨，六國樓臺豔綺羅。
自是當時天帝醉，不關秦地有山河。

鬱—繁盛貌。

嵯峨—高峻貌。這句是說秦都咸陽的宮殿既多又高。

六國樓臺—據《史記・秦始皇本紀》載，秦始皇滅六國時，每滅一國便要在咸陽北坂上仿照該國宮殿樣式修築宮室，自雍門以東直到涇河、渭河，宮室、亭閣，複道相連不絕。掠來的美人、鐘鼓都藏在宮中。

綺羅—指六國美女。

天帝醉—張衡《西京賦》中說，從前天帝喜歡秦穆公，請他去作客，讓他聽鈞天廣樂，天帝醉後用金策把秦地賜給穆公。

有山河—《史記・高祖本紀》：

「秦，形勝之囯，帶河山之險，懸隔千里。持戟百萬，秦得百二焉。」意思是說秦地山河險固，百萬兵可當諸侯二百萬。

「自是」二句—意指秦之所以能消滅六國、一統天下，是由於天帝醉中幹了錯事，並非由於它據有險固的河山。也就是司馬遷在《史記・六國年表》中說過的「非必險固便、形勢利也，益若天所助焉。」

安定城樓

迢遞高城百尺樓，綠楊枝外盡汀洲。
賈生年少虛垂淚，王粲春來更遠遊。
永憶江湖歸白髮，欲回天地入扁舟。
不知腐鼠成滋味，猜意鵷雛竟未休。

迢遞─形容樓高而且連續綿延。

汀洲─汀指水邊之地，洲是水中之洲渚。此句寫登樓所見。

賈生─指西漢人賈誼。

王粲─東漢末年人，建安七子之一。《三國志・魏書・王粲傳》載：王粲年輕時曾流寓荊州，依附劉表，但並不得志。他曾於春日作《登樓賦》，其中有句云：「雖信美而非吾土兮，曾何足以少留？」商隱此以寄人籬下的王粲自比。

「永憶」兩句─《史記・貨殖列傳》春秋時范蠡輔佐越王句踐滅吳後，乘扁舟歸隱五湖。商隱用此事，說自己總想著年老時歸隱江湖，但必須等到把治理國家的事業完成，功成名就之後才行。

「不知」二句—鵷雛是古代傳說中一種像鳳凰的鳥。《莊子・秋水》：「南方有鳥，其名為鵷雛。……發於南海而飛於北海，非梧桐不止，非練實不食，非醴泉不飲。於是鴟得腐鼠，鵷雛過之，仰而視之曰：嚇！」商隱以莊子和鵷雛自比，說自己有高遠的心志，並非汲汲於官位利祿之輩，但讒佞之徒卻以小人之心度之。

回中牡丹為雨所敗

二首　其一

（一）

下苑他年未可追，西州今日忽相期。
水亭暮雨寒猶在，羅薦春香暖不知。
舞蝶殷勤收落蕊，有人惆悵臥遙帷。
章臺街里芳菲伴，且問宮腰損幾枝？

回中—回中有二，一為汧之回中，在今陝西省隴縣西北；一為安定之回中，在今甘肅固原縣。詩題所稱回中，指後者。

牡丹—富貴花，陰曆二、三月開。

下苑—指漢代的宜春下苑，唐時稱曲江池。

追—回憶。

西州—地名，指安定郡。

相期—期待；相約。

水亭—臨水的亭子。

羅薦—絲綢席褥，亦作墊地或帷幕用。

殷勤—情意懇切。

「有人」句—此句以花擬人，用美人悵臥遙帷的情狀來形容牡丹為雨所敗後花事已闌。

章臺—戰國時秦宮中臺名。

芳菲伴—指柳。比喻在宏博中試

或官於京師之得意者。

宮腰——語出《韓非子·二柄》：「楚靈王好細腰，而國中多餓人。」

回中牡丹為雨所敗 二首 其二

（二）

浪笑榴花不及春，先期零落更愁人。
玉盤迸淚傷心數，錦瑟驚絃破夢頻。
萬里重陰非舊圃，一年生意屬流塵。
前溪舞罷君回顧，並覺今朝粉態新。

浪笑—漫笑。

榴花—石榴花。

先期—約定日期之前；在事情發生或進行之前。

零落—凋謝。

玉盤—牡丹花冠。似為白牡丹。據《洛陽花木記》記載，牡丹有叫玉盤妝的。玉盤也可能僅指形狀。

「錦瑟」句—借錦瑟繁絃令人心驚的感覺，來形容雨水摧花的情態。

舊圃—指往日曲江之花圃。

流塵—飛揚的塵土。

「前溪」句—前溪村是南朝教習音樂的地方，江南聲伎多出於此。此句用人的舞態描摹花之飄零。

「並覺」句—意謂他時花朵零落已盡，再回顧今日雨中，猶覺此時粉態新艷。

粉態—嬌美的姿容。

安定城樓贈別前蔚州契苾使君

何年部落到陰陵，奕世勤王國史稱。
夜卷牙旗千帳雪，朝飛羽騎一河冰。
蕃兒襁負來青冢，狄女壺漿出白登。
日晚鸊鵜泉畔獵，路人遙識郅都鷹。

蔚州—今山西靈丘縣。

契苾使君—蔚州刺史契苾。詩題下作者自注：「使君遠祖，國初功臣也。」

陰陵—陰山。

奕世—累世。

勤王—為朝廷效力。

「夜卷」二句—意為契苾家族為國東征西討，作戰勇敢，有赫赫戰功。

襁負—背著小孩。

青冢—王昭君墓，此處泛指內蒙古呼和浩特市一帶。

白登—白登山，在今大同市東。

「蕃兒」二句—意為契苾所到之處，深受各部族老幼婦女的歡迎。

鸊鵜泉—在今內蒙古五原縣。

郅都—西漢景帝時人，任雁門太守時，威震匈奴。

宮詞

君恩如水向東流，得寵憂移失寵愁。
莫向樽前奏花落，涼風只在殿西頭。

君恩如水－君王的恩澤就像流水般漂移不定。

憂移－害怕轉移，這裡指害怕君王的恩澤轉移到別人身上。

花落－指的是《梅花落》，漢樂府的《橫吹曲》中的笛曲名。

涼風－江淹的《擬班婕妤詠扇》中有「竊恐涼風至，吹我玉階樹。君子恩未畢，零落在中路」，喻被冷落。和上一句的「梅花落」相連，暗示女子色衰被棄的可悲前景。

龍池

龍池賜酒敞雲屏，羯鼓聲高眾樂停。

夜半宴歸宮漏永，薛王沉醉壽王醒。

龍池—既是地名，也是舞曲名。這裡指興慶宮。

雲屏—有雲形彩繪或用雲母作裝飾的屏風。

羯鼓—一種出自外夷的樂器，源於羯族。羯鼓兩面蒙皮，腰部細，用公羊皮做鼓皮，因此叫羯鼓。

漏永—漏是滴漏的意思，是古代的計時器。漏永形容漫漫的長夜。

薛王—唐玄宗弟弟李業之子。

壽王—唐玄宗的兒子李瑁。楊玉環先為壽王妃，後被唐玄宗看中，又將其立為貴妃。

北齊 二首 其一

（一）

一笑相傾國便亡，何勞荊棘始堪傷。

小蓮玉體橫陳夜，已報周師入晉陽。

「一笑」句—《漢書・外戚傳》李延年歌曰：「北方有佳人，絕世而獨立。一顧傾人城，再顧傾人國。」此處「一笑相傾」之「傾」為傾倒、傾心之意，謂君主一旦為美色所迷，便種下亡國禍根。

「何勞」句—晉時索靖有先識遠量，預見天下將亂，曾指著洛陽宮門的銅駝歎道：「會見汝在荊棘中耳！」

小蓮—即馮淑妃，一本作「小憐」。北齊後主高緯寵妃。

玉體橫陳—指小蓮進御。

「已報」句—《北齊書》載：武平七年，北周在晉州大敗齊師，次年周師攻入晉陽（今山西太原）。此事與小蓮進御時間相距甚遠，此剪綴一處為極言色荒之禍。

北齊 二首　其二

（二）

巧笑知堪敵萬機，傾城最在著戎衣。

晉陽已陷休回顧，更請君王獵一圍。

巧笑—《詩經・衛風・碩人》：「巧笑倩兮，美目盼兮。」

萬機—形容君王政務紛雜。

「晉陽」二句—《北史・后妃傳》載：「周師取平陽，帝獵於三堆。晉州告急，帝將還。淑妃請更殺一圍，從之。」所陷者是晉州平陽，非晉陽，作者一時誤記。更殺一圍，再圍獵一次。

登霍山驛樓

廟列前峰迥，樓開四望窮。
嶺鼷嵐色外，陂雁夕陽中。
弱柳千條露，衰荷一向風。
壺關有狂孽，速繼老生功。

廟—指霍山的嶽廟。
迥—遠。
樓—指驛樓。
窮—盡。
鼷—一種小老鼠。
嵐—山間的霧氣。
陂—池塘。
露—指將要凝成露水的溼潤水汽。
一向—一派。
「弱柳」二句—日暮的霧氣濕潤著千條弱柳，蕭瑟的秋風吹響衰敗的荷葉。
壺關—古關隘。因為山形像壺，在此設置的關隘就叫壺關。故址在今天山西省長治市東南。此處指劉稹的老巢潞州。

狂孽——指劉稹。

老生——指宋老生。據《舊唐書．高祖本紀》，李淵起兵反隋，隋將宋老生屯守霍邑，抗拒李淵。因而運糧不便，李淵決定退兵，李世民勸導乃止。有一日老人求見，自稱是霍山神使，要李淵於八月雨停時，從霍邑東南出兵，到時他將相助。李淵依言進軍，果然斬殺宋老生。

「壺關」二句——指盤踞在壺關附近的劉稹十分猖獗，希望霍山神使能像當年幫助李淵斬殺宋老生那樣，幫助朝廷早日消滅劉稹。

奉同諸公題河中任中丞新創河亭四韻之作

萬里誰能訪十洲，新亭雲構壓中流。
河鮫縱玩難為室，海蜃遙驚恥化樓。
左右名山窮遠目，東西大道鎖輕舟。
獨留巧思傳千古，長與蒲津作勝遊。

任中丞－即任畹。他任河中府尹時並有御史中丞的官銜。

十洲－古代傳說仙人西王母曾對漢武帝說，在大海深處有祖洲、瀛洲、玄洲、炎洲、長洲、元洲、流洲、生洲、鳳麟洲和聚窟洲，是神仙居住之所。

海蜃－海中的大蛤。

輕舟－此處指浮橋。

登徒子好色賦有感

非關宋玉有微辭，卻是襄王夢覺遲。

一自高唐賦成後，楚天雲雨盡堪疑。

「非關」句—宋玉寫了一篇《登徒子好色賦》，其中說登徒子在楚王面前講宋玉的壞話，說宋玉人長得漂亮，口多微辭，性情又好，要楚王千萬別讓他出入後宮。宋玉辯駁說：我長得漂亮是天生的，口多微辭是老師教的，至於好色是根本沒有的事。

微辭—用隱含不露的語言進行諷刺。

高唐賦—宋玉最要的代表作品，是歌詠三峽的第一賦。不但創造了中國文學上經典的「雲雨意象」，更首次創造了楚懷王與神女瑤姬夢幻的愛情故事，引人產生無限的遐思；在物象描繪方面極為細膩，抒情與寫景自然貼切，對後來漢賦的發展具有重要的啟示作用。

王昭君

毛延壽畫欲通神，忍為黃金不顧人。
馬上琵琶行萬里，漢宮長有隔生春。

王昭君—名嫱，字昭君，西漢蜀郡秭歸人，漢元帝時期的宮女。傳說畫工毛延壽趁機勒索宮女。宮女們為了自己能被皇帝選中，送給毛延壽很多錢財。雖然她相貌出眾，但因品格高尚，毛延壽得不到賄賂，便故意醜化她。竟寧元年（西元前三十三年）正月，呼韓邪單于來朝，要求娶漢人為妻，漢元帝將她賜給了呼韓邪單于。

通神—通達於神明。

「漢宮」句—意指王昭君遠嫁塞外，漢朝宮廷從此只能在來生再見了。

潭州

潭州官舍暮樓空，今古無端入望中。
湘淚淺深滋竹色，楚歌重疊怨蘭叢。
陶公戰艦空灘雨，賈傅承塵破廟風。
目斷故園人不至，松醪一醉與誰同。

潭州—唐代為湖南觀察使治所，在今湖南長沙市。

無端—沒來由地。

湘淚—傳說舜南巡，死於蒼梧之野。他的兩個妃子哭舜，淚滴竹上，遂生斑點，所以稱湘妃竹。

楚歌—指屈原的《離騷》、《九歌》、《九章》等。《離騷》中有「蘭芷變而不芳兮，荃蕙化而為茅。何昔日之芳草兮，今直為此蕭艾也」等語。

陶公—指東晉陶侃，其墓在今湘潭。侃曾作江夏太守，抗擊叛將陳恢，以運船為戰艦，所向必破。後又討杜搜、平蘇峻，封長沙郡公。事見《晉書》本傳。

賈傅—指賈誼，曾為長沙王太傅。長沙有賈誼廟，廟即誼宅。

承塵—天花板。

松醪—用松肪或松花釀製的酒。

夢澤

夢澤悲風動白茅，楚王葬盡滿城嬌。
未知歌舞能多少，虛減宮廚為細腰。

夢澤—楚地有雲、夢二澤，雲澤在江北，夢澤在江南，即今洞庭湖一帶。

悲風動白茅—一說為秋季。宋玉《九辯》：「悲哉秋之為氣也，蕭瑟兮草木搖落而變衰。」一說為春夏之交，白茅花開之季。

白茅—《左傳》杜注：「茅，菁茅也。束茅而灌之以酒，為縮酒。」周時楚國每年向周天子進貢白茅，以供祭祀時濾酒用。李商隱過楚地，故言楚物。又白茅亦象徵女性。《詩經・召南・野有死麕》：「白茅純束，有女如玉。」

楚王—楚靈王，是春秋時代著名的荒淫無道之君。《墨子》：「楚靈王好細腰，其臣皆三飯為節。」《韓非子・二柄》：「楚靈王好細腰，而國中多餓人。」《後漢書・馬廖傳》：「傳曰：楚王好細腰，宮中多餓死。」

隋宮

紫泉宮殿鎖煙霞，欲取蕪城作帝家。
玉璽不緣歸日角，錦帆應是到天涯。
於今腐草無螢火，終古垂楊有暮鴉。
地下若逢陳後主，豈宜重問後庭花。

隋宮—指隋煬帝楊廣在江都（今江蘇揚州市）所建的行宮。

紫泉—即紫淵，長安河名，因唐高祖名李淵，為避諱而改。此用紫泉宮殿代指隋朝京都長安的宮殿。

鎖煙霞—空有煙雲繚繞。

「欲取」句—《隋書・煬帝紀》：「大業元年三月，發河南諸郡男女百餘萬開通濟渠……八月，上御龍舟幸江都。」蕪城，即廣陵（今揚州）。帝家，帝都。

玉璽—皇帝的玉印。

日角—額角突出，古人以為此乃帝王之相。此處指唐高祖李淵。

錦帆—隋煬帝所乘的龍舟，其帆用華麗的織錦製成。

腐草無螢火—《禮記・月令》：「腐

草為螢。」古人以為螢火蟲是腐草變化出來的。這句用誇張的手法，說煬帝已把螢火蟲搜光了。

垂楊—隋煬帝引河於淮，河畔築御道，樹以柳，名曰隋堤，一千三百里。

「地下」二句—陳後主，南朝陳末代皇帝陳叔寶，荒淫亡國之君。後庭花，即《玉樹後庭花》，陳後主所創，歌詞綺豔。

詠史

北湖南埭水漫漫，一片降旗百尺竿。
三百年間同曉夢，鍾山何處有龍蟠？

北湖－南京玄武湖。《金陵志》：「南埭，水上閘也。」北湖南埭，統指玄武湖，是南朝操練水軍的場所，也是帝王遊宴之處。

水漫漫－意謂昔日之水軍、帝王皆不復存在，唯湖水漫漫矣。

一片降旗－劉禹錫《金陵懷古》：「千尋鐵鎖沉江底，一片降幡出石頭。」乃指東吳孫皓降晉。

三百年－南京為六朝故都，三百年間，王朝更替。

龍蟠－張勃《吳錄》：「劉備曾使諸葛亮至京，因睹秣陵山阜，乃嘆曰：鍾山龍蟠，石頭虎踞，帝王之宅也。」

【第三章】

霓裳歌遍 李煜（西元九三七—九七八）

李煜，字重光，別號鐘隱、白蓮居士、蓮峰居士等，是南唐中主李璟的第六子。

李煜「生於深宮之中，長於婦人之手」，由於幾個哥哥都早卒，建隆二年（西元九六一年）嗣位，做了南唐國君。李煜文章、詩詞樣樣通曉，最為後世推崇的，正是他的詞。此外，他還知音律、工書畫、精賞鑒，在文學藝術方面極有才華。

在他即位初期，面對日益強大的宋王朝，只能靠著年年納貢求得苟安。開寶八年（西元九七五年），宋將曹彬攻破金陵，李煜被俘入宋，受封為違命侯，從此過著被幽禁的生活。太平興國三年（西元九七八年）七月七夕卒，年僅四十二。

據傳李煜著有文集三十卷、雜說百篇，所作的詩也散見於《全唐詩》中。本書擇注其詞三十五首，以饗讀者。

虞美人

春花秋月何時了，往事知多少。
小樓昨夜又東風，
故國不堪回首月明中。
雕闌玉砌應猶在，只是朱顏改。
問君能有幾多愁，
恰似一江春水向東流。

了—完結。

小樓—李煜被囚於汴京的居所。

故國—指已遭滅亡的南唐。

雕闌玉砌—指故國宮殿。

朱顏—指年少的容顏。

君—作者自稱。

虞美人

風回小院庭蕪綠，柳眼春相續。
憑闌半日獨無言，
依舊竹聲新月似當年。
笙歌未散尊罍在，池面冰初解。
燭明香暗畫堂深，
滿鬢清霜殘雪思難任。

風—指春風。
庭蕪—庭中雜草叢生。
柳眼—早春時柳樹初生的嫩葉，好像人的睡眼初展，故稱柳眼。
竹聲—風吹竹林發出的聲響。
新月—初升的月亮，亦指月初之月。
笙歌—泛指奏樂唱歌，這裡指樂曲。
尊罍—尊，酒杯。罍，一種酒器。
池面冰初解—指時已初春。
燭明香暗—指夜深之時。
清霜殘雪—形容鬢髮白如霜雪，謂年已衰老。
思難任—情思悲憤難禁。

烏夜啼

昨夜風兼雨，簾幃颯颯秋聲。
燭殘漏滴頻欹枕，起坐不能平。
世事漫隨流水，算來一夢浮生。
醉鄉路穩宜頻到，此外不堪行。

颯颯—風雨聲。
漏滴—銅壺滴漏聲。銅壺貯水，滴漏以計時。
漫—徒然。
浮生—指人生短促，世事無定。語出《莊子》：「其生若浮，其死若休。」
醉鄉—醉中境界。

烏夜啼

林花謝了春紅，太匆匆。
無奈朝來寒雨晚來風。
胭脂淚，留人醉，幾時重？
自是人生長恨水長東。

胭脂淚—指女子的眼淚。
幾時重—何時再度相會。

烏夜啼

無言獨上西樓，月如鉤。
寂寞梧桐深院鎖清秋。
剪不斷，理還亂，是離愁。
別是一般滋味在心頭。

西樓—指西向的樓。
月如鉤—指弦月。
「剪不斷」三句—以亂絲喻離愁。
一般—一種。
滋味—原指人的味覺，此處謂心頭之離愁。

一斛珠

曉妝初過，沉檀輕注些兒箇。
向人微露丁香顆。
一曲清歌，暫引櫻桃破。
羅袖裛殘殷色可，杯深旋被香醪涴。
繡床斜凭嬌無那。
爛嚼紅茸，笑向檀郎唾。

沉檀—一種婦女妝飾用的顏料，唐、宋時婦女閨妝多用於眉端之間，或用於口唇之上。

丁香顆—這裡指女人口內之牙，描繪歌女開口歌唱，舌齒微露，形容得意的神情。丁香，常綠喬木，又名雞舌香、丁子香。

清歌—清脆響亮的歌聲。也指不用樂器伴奏的獨唱。

櫻桃破—指女人張開嬌小紅潤的口。

「羅袖」句—形容歌女絲衣上的香氣已經消失將盡，深紅的顏色也只隱約可見。裛，熏蒸，這裡指香氣。殷，深紅色。可，此處是模模糊糊、隱隱約約的意思。

杯深—指酒杯斟酒斟得很滿，引申意謂酒喝得過量。

香醪—美酒，醇酒。

涴—汙染。

繡床—鋪著織繡的床，這裡指歌女的床。

嬌無那—形容嬌娜無比的樣子。無那，猶言無限，非常之意。

爛嚼—細嚼。

紅茸—刺繡用的紅色絲線。

檀郎—西晉潘岳是出名的美男子，小名檀奴，後世文人因以「檀郎」為婦女對夫婿或所愛的男子的美稱。

唾—將口中含物吐出來。

子夜歌

人生愁恨何能免？
銷魂獨我情何限！
故國夢重歸，覺來雙淚垂。
高樓誰與上？長記秋晴望。
往事已成空，還如一夢中。

銷魂—因傷神若魂之離體。
故國—舊國，指南唐。
覺來—醒來。

望—登樓眺望。

還如—猶如。

子夜歌

尋春須是先春早，
看花莫待花枝老。
縹色玉柔擎，醅浮盞面清。
何妨頻笑粲，禁苑春歸晚。
同醉與閑評，詩隨羯鼓成。

縹色—淺青色。此指青白色的酒。
玉柔—如玉一般柔嫩的手。
擎—往上托舉。
醅—未過濾的酒。此處泛指酒。
粲—露齒而笑。
禁苑—帝王的園林。
閑評—隨意品評、議論。
羯鼓—在唐代盛行的一種打擊樂器，形似漆桶，兩端均可打擊，又名雙杖鼓，由西域羯族傳入。

臨江仙

櫻桃落盡春歸去，蝶翻金粉雙飛。
子規啼月小樓西，
畫簾珠箔，惆悵卷金泥。
門巷寂寥人去後，望殘煙草低迷。
爐香閑裊鳳凰兒，
空持羅帶，回首恨依依。

櫻桃落盡—指初夏時分。《禮記·月令》：「仲夏之月，天子以含桃先薦寢廟。」李煜此時城被圍，宗廟莫保，櫻桃難獻，可見傷逝之感良深。

子規—即杜鵑，相傳為失國的蜀帝杜宇之魂所化，鳴聲淒厲。

珠箔—珠簾。

卷金泥—捲起金泥色的簾箔。

鳳凰兒—此指鏤刻成鳳凰形狀的香爐。

羅帶—絲織之帶。

望江南

多少恨，昨夜夢魂中。
還似舊時遊上苑，車如流水馬如龍。
花月正春風。

上苑—即上林苑，秦皇所築，漢武帝增廣之。
「車如流水」句—形容車馬絡繹不絕，十分繁華熱鬧。
「花月」句—泛指春天美好的景色。

望江南

多少淚，斷臉復橫頤。

心事莫將和淚說，鳳笙休向淚時吹，

腸斷更無疑。

斷臉—指淚水縱橫滿面。

和淚—帶淚。

鳳笙—笙之美稱。

腸斷—形容極度悲傷痛苦。

更—愈發。

望江梅

閒夢遠，南國正芳春。

船上管絃江面綠，滿城飛絮輥輕塵，

忙殺看花人。

南國—此指南唐統轄的江南一帶。

芳春—美好的春天。

輥—形容車輪快速轉動。

忙殺—忙壞。殺，形容極甚。

望江梅

閒夢遠，南國正清秋。千里江山寒色遠，蘆花深處泊孤舟，笛在月明樓。

清秋——指深秋。

寒色——即秋色。

笛在月明樓——謂有人在高樓吹笛。

清平樂

別來春半，觸目柔腸斷。
砌下落梅如雪亂，拂了一身還滿。
雁來音信無憑，路遙歸夢難成。
離恨恰如春草，更行更遠還生。

砌下—階下。
落梅—此處指白梅花，春半始落。
雁來—用古代雁足傳書典。
無憑—沒有憑信。

采桑子

庭前春逐紅英盡，舞態徘徊。
細雨霏微，不放雙眉時暫開。
綠窗冷靜芳音斷，香印成灰。
可奈情懷，欲睡朦朧入夢來。

紅英—紅花。
舞態徘徊—形容落花飛舞迴旋的樣子。
霏微—細雨迷濛貌。
芳音—消息。
香印—香上印有圖紋或文字，燃燒後灰燼仍留存圖紋字跡。
可奈—指無可奈何。

采桑子

轆轤金井梧桐晚，幾樹驚秋。
晝雨新愁，百尺蝦鬚在玉鉤。
瓊窗春斷雙蛾皺，回首邊頭。
欲寄鱗游，九曲寒波不泝流。

轆轤—汲取井水用的滑車。
金井—井欄上有雕飾的井，這裡指宮廷園林中的井。
百尺—此為約指，極言其長。
蝦鬚—因簾子形似蝦鬚，故作為簾子的別稱。
玉鉤—玉製的鉤子。
瓊窗—雕飾精美而華麗的窗。
雙蛾—蛾眉，指婦女長而美的眉。
邊頭—指偏遠的地方。
鱗游—指書信。
九曲—此處代指黃河。
泝流—倒流，逆流。

喜遷鶯

曉月墜，宿雲微，無語枕頻欹。
夢回芳草思依依，天遠雁聲稀。
啼鶯散，餘花亂，寂寞畫堂深院。
片紅休掃儘從伊，留待舞人歸。

宿雲—夜間的雲。
欹—斜靠。
餘花—尚未凋謝的花。
儘從伊—任由他。伊，此處指落花。
舞人—指所愛的女子。

蝶戀花

遙夜亭皋閒信步，
乍過清明，早覺傷春暮。
數點雨聲風約住，朦朧淡月雲來去。
桃李依依春暗度，
誰在秋千，笑裡低低語？
一片芳心千萬緒，人間沒箇安排處。

遙夜—長夜。
亭皋—水邊的亭子。皋，水邊地。
信步—漫步。
「數點」句—指雨聲被風聲遮住。
桃李—形容人的容貌姣美。
春暗度—指春光在不知不覺之中悄然而過。
芳心—指女人心。
安排—安置排解。

長相思

雲一緺，玉一梭，
澹澹衫兒薄薄羅，輕顰雙黛螺。
秋風多，雨相和，
簾外芭蕉三兩窠。夜長人奈何！

雲一緺－指滿頭濃密頭髮如青色絲條。雲，以烏雲指代頭髮。緺，青紫色絲帶。

玉一梭－指玉簪形如織布機上的梭子。

「澹澹」句－此處形容絲羅衫兒像水波一樣輕輕舒卷。

顰－皺眉。

黛螺－古代女子畫眉用的螺形墨黛，又稱螺黛。此借指女子眉毛。

窠－通「棵」。

長相思

一重山，兩重山，
山遠天高煙水寒，相思楓葉丹。
菊花開，菊花殘，
塞雁高飛人未還，一簾風月閒。

楓葉丹—指楓葉經霜變紅。

塞雁—塞外的鴻雁。

閒—靜。

搗練子令

深院靜，小庭空，斷續寒砧斷續風。
無奈夜長人不寐，數聲和月到簾櫳。

砧—擣衣石，這裡指擣衣聲。

數聲—幾聲，這裡指擣衣聲。

簾櫳—掛著竹簾的格子窗。櫳，有橫直格的窗子。

搗練子令

雲鬢亂，晚妝殘，帶恨眉兒遠岫攢。

斜托香腮春筍嫩，為誰和淚倚闌干？

雲鬢—形容女子像烏雲一般濃密的鬢髮。

「帶恨」句—因愁帶恨的雙眉像遠山一樣聚在一起。

香腮—指美女的腮頰。

春筍—指女子像春筍樣纖潤尖細的手指。

和淚—帶淚。

浣溪沙

紅日已高三丈透，金爐次第添香獸。
紅錦地衣隨步皺。
佳人舞點金釵溜，酒惡時拈花蕊嗅。
別殿遙聞簫鼓奏。

「紅日」句—指太陽已高高升起。
次第—依次。
香獸—以炭屑為末，匀和香料製成各種獸形的燃料。
紅錦地衣—紅色錦緞製成的地毯。
隨步皺—形容舞蹈時紅錦地毯隨著舞女旋轉打皺的樣子。
佳人—指善於起舞的宮女。
金釵—又稱金雀釵，古代婦女頭飾的一種。
溜—滑落。
酒惡—指喝酒至微醉。
時拈—常常拈取。
花蕊—這裡代指花朵。
別殿—古代帝王所居正殿以外的宮殿。

菩薩蠻

花明月暗籠輕霧，今宵好向郎邊去。
剗襪步香階，手提金縷鞋。
畫堂南畔見，一向偎人顫。
奴為出來難，教郎恣意憐。

剗襪—以襪貼地。
金縷鞋—以金線繡花的鞋。
一向—同「一餉」，片刻。
奴—古代女子自稱。
憐—憐愛。

玉樓春

晚妝初了明肌雪，春殿嬪娥魚貫列。

笙簫吹斷水雲間，重按霓裳歌遍徹。

臨風誰更飄香屑？醉拍闌干情味切。

歸時休放燭花紅，待踏馬蹄清夜月。

明肌雪—肌膚像雪一般明淨白皙。

嬪娥—泛指宮女。

霓裳—樂曲名。

歌遍徹—從頭至尾唱完。

香屑—用各種香料製成的香粉。

「歸時」二句—待會兒散席後就不要點那紅燭了，跨上馬背，踏著清明的月色歸去豈不更好。

菩薩蠻

蓬萊院閉天臺女，畫堂晝寢人無語。
拋枕翠雲光，繡衣聞異香。
潛來珠鎖動，驚覺銀屏夢。
臉慢笑盈盈，相看無限情。

「**蓬萊院**」句—女主人公應是昭惠后的妹妹小周后。蓬萊院，美如蓬萊仙境般的庭院。天臺女，喻女子美如天臺山上的仙女。

晝堂—本漢代宮中的殿堂，後用以泛指繪飾華麗的堂屋。

拋枕—形容睡時頭偏離枕頭。

翠雲—形容女子的頭髮烏黑濃密。

潛來—偷偷地進來。

珠鎖—用珍珠連綴而成的門環。

銀屏夢—這裡指好夢。

臉慢—指細嫩而美麗的臉。慢，同曼，形容容顏姣好。

菩薩蠻

銅簧韻脆鏘寒竹，新聲慢奏移纖玉。
眼色暗相鉤，秋波橫欲流。
雨雲深繡戶，未便諧衷素。
宴罷又成空，魂迷春雨中。

銅簧—樂器中的薄葉，用銅片製成，吹樂器時能夠發出聲響。
韻脆—指吹奏的聲音清亮。
鏘寒竹—竹製管樂器發出的鏘然的聲音。
新聲—指新制的樂曲或新穎美妙的聲音。
移纖玉—指白嫩纖細的手指在管絃樂器上移動彈奏。
鉤—招引。
秋波—比喻美女的目光猶如秋水一樣的清澈明亮。
雨雲—降雨的雲，這裡比喻男女交歡。
繡戶—雕繪華美的庭戶，這裡指精美的居室。

未便——沒有立即。
諧——諧和。
衷素——內心的真情。素，通「愫」，本心、真情。
宴罷——歡樂之後。

浪淘沙

往事只堪哀，對景難排。
秋風庭院蘚侵階。
一任珠簾閒不捲，終日誰來？
金鎖已沉埋，壯氣蒿萊。
晚涼天淨月華開。
想得玉樓瑤殿影，空照秦淮。

浪淘沙—此詞原為唐教坊曲，又名《浪淘沙令》、《賣花聲》等。唐人多用七言絕句入曲，李煜始演為長短句。

一任—一作「一行」，一作「一桁」。

「**金鎖**」**句**—用《晉書．王濬傳》所載三國晉軍伐吳事。謂金鎖已沉埋江底，喻南唐無法阻擋宋軍之進攻。蒿萊，野生雜草。

玉樓瑤殿—精美華麗的亭臺樓閣。

秦淮—指秦淮河。南唐時為繁華歌舞之地。

浪淘沙

簾外雨潺潺，春意闌珊。

羅衾不耐五更寒。

夢裡不知身是客，一餉貪歡。

獨自莫憑欄，無限江山。

別時容易見時難。

流水落花春去也，天上人間。

潺潺—形容雨聲。

闌珊—衰殘。

不耐—耐不住。

一餉—一頓飯的時間，即一霎時。

謝新恩

庭空客散人歸後，畫堂半掩珠簾。
林風淅淅夜厭厭，
小樓新月，回首自纖纖。
春光鎮在人空老，新愁往恨何窮。
金窗力困起還慵。
一聲羌笛，驚起醉怡容。

謝新恩—此詞係《臨江仙》調。據考證分上下兩首，各逸其半。
歸—離去。
珠簾—以珍珠綴成的簾子。
淅淅—指風聲。
厭厭—久長的樣子。
纖纖—小巧、尖細的樣子。這裡用來形容蛾眉似的新月。
鎮在—長在。
何窮—什麼時候才是盡頭，即無窮無盡的意思。
金窗—宮廷中裝飾華美的窗戶。
力困—力乏。
醉怡容—酒醉以後臉上泛起紅暈的容顏。怡，喜悅的樣子。

謝新恩

櫻花落盡階前月，象床愁倚薰籠。遠似去年今日，恨還同。

雙鬟不整雲憔悴，淚沾紅抹胸。何處相思苦？紗窗醉夢中。

象床─以象牙為飾的床。

薰籠─同熏籠，古代用以熏香、烘物和取暖用的爐子。薰，一種香草，也泛指花草香。

「遠似」句─全句意指今日之恨與去年之恨一樣。

雙鬟─古代年輕婦女頭上的兩個環形髮髻。

雲─比喻輕柔舒卷如雲的頭髮。

憔悴─指頭髮枯乾，沒有光澤。

抹胸─俗稱「兜肚」，古代內衣的一種，多為女子所用，有前片無後片，上可覆乳，下可遮肚。

謝新恩

冉冉秋光留不住，滿階紅葉暮。
又是過重陽，臺榭登臨處。茱萸香墜。
紫菊氣飄庭戶，晚煙籠細雨。
嗈嗈新雁咽寒聲，愁恨年年長相似。

冉冉－慢慢地，這裡形容時光漸漸地流逝。

重陽－古人以九為陽數，因此農曆九月初九稱為「重九」或「重陽」。魏晉以後習俗為這一天登高遊宴。

臺－高而上平的建築物，供觀察眺望用。

榭－建築在高土台上的敞屋，多為遊觀之所。

登臨處－指登高望遠的地方。

茱萸－植物名，香味濃烈，可入藥。古代有在重陽節佩戴茱萸以去邪辟惡的風俗。

香墜－裝有香料的墜子。

嗈嗈－鳥鳴聲。

咽—嗚咽。
寒聲—戰慄、悲涼的聲音。

破陣子

四十年來家國，三千里地山河。
鳳閣龍樓連霄漢，玉樹瓊枝作煙蘿，
幾曾識干戈？
一旦歸為臣虜，沈腰潘鬢消磨。
最是倉皇辭廟日，教坊猶奏別離歌，
垂淚對宮娥。

四十年來—南唐自先主李昪建國至後主滅亡，計三十八年，「四十年來」是舉其約數。

家國—這裡指南唐王朝。

三千里地—指南唐廣大的國土而言。

鳳閣龍樓—指古代帝王所居的宮殿樓閣。

霄漢—天河。借指高空。

玉樹瓊枝—形容樹如玉，枝如瓊，比喻美好。

曾—何曾。

干戈—用作兵器的通稱。

一旦—一天。西元九七五年十一月二十七日夜，金陵（南京）城被宋軍攻破占領。

臣虜—指被俘稱臣，即成為臣下和俘虜。

沈腰—形容身體消瘦。沈，即南朝梁時詩人沈約。

潘鬢—鬢髮斑白的代稱，以示年老體衰。潘，即指西晉詩人潘岳。

最是—特別是。

倉皇—匆忙而慌張。

辭廟—指辭別先祖的宗廟，離開了祖先所創建的國家。

教坊—管理宮廷音樂的機構。

宮娥—宮女。

漁父

浪花有意千重雪，桃李無言一隊春。
一壺酒，一竿綸，快活如儂有幾人。

「浪花」二句—水波輕騰，好像有意堆起千重白雪。桃李成行，默默迎春盛放。
一竿綸—指一根釣竿。
儂—指「我」，江南口語。

漁父

一櫂春風一葉舟，一綸繭縷一輕鉤。

花滿渚，酒滿甌，萬頃波中得自由。

櫂—搖船的工具。短的叫楫，長的叫櫂。

綸—釣魚用的粗絲線。

繭縷—絲線，此指釣絲。

渚—水中間的小塊陸地。

甌—裝酒的器具，即盅，一種平底深碗。

阮郎歸

東風吹水日銜山，春來長是閒。
落花狼藉酒闌珊，笙歌醉夢間。
佩聲悄，晚妝殘，憑誰整翠鬟？
留連光景惜朱顏，黃昏獨倚闌。

阮郎歸—詞調名。

吹水—《樂府雅詞》、《近體樂府》、《醉翁琴趣外篇》中均作「臨水」。

日銜山—日落到山後。銜，包藏的意思。

是—《詞譜》中作「自」。長是閒，總是閒。閒，無事，無聊。

狼藉—形容縱橫散亂、亂七八糟的樣子。

闌珊—衰落，將盡，殘。

笙歌—合笙之歌。笙，管樂器名，用口吹奏。

佩—即環佩，古人衣帶上佩帶的飾物。

悄—聲音低微。

晚妝殘—天色已晚，晚妝因醉酒而不整。殘，零亂不整。

憑誰—《古今詞統》、《詞譜》、《花間集補》、《全唐詩》等本中均作「無人」。

整翠鬟—整理頭髮。翠鬟，女子環形的髮式，綠色的髮髻。翠，翡翠鳥，羽毛青綠色，尾短，捕食小魚。

留連光景—指珍惜時間。留連，留戀而捨不得離開。光景，時光。

朱顏—美好紅潤的容顏，這裡指青春。

獨倚闌—獨自倚靠欄桿。獨，《古今詞統》、《花間集補》、《草堂詩餘》中均作「人」。

【第四章】

暗香盈袖 李清照（西元一〇八四—約一一五六年）

李清照，號易安居士，宋齊州章丘（今屬山東）人，是北宋時期著名作家。父親李格非，官至禮部於員外郎，母親是狀元王拱辰之女，因此李清照自小就受到深厚的文學薰陶。

李清照十八歲時，與二十一歲的趙明誠結為伉儷。但出嫁第二年其父被誣為元祐黨人，不得在京任職，罷歸原籍；二年後，黨人子弟也被迫離京，李清照於是不得不返回原籍，與夫婿分隔兩地。黨爭時緊時鬆，李清照亦隨之時居明水，時回汴京。崇寧五年，趙父趙挺之遭構陷被罷官，趙明誠被捕送制獄，隔年大觀元年因查無事實出獄，夫婦二人返回青州，開始「屏居鄉里十年」的時期。

靖康年間，金人南下，李清照與夫婿倉皇南渡，收藏多年的金石文物化為灰燼。建炎三年（西元一一二九年），趙明誠病逝。李清照曾一度改嫁張汝舟，但於紹興二年（西元一一三二年）分手。此後，李清照便獨自走完人生的餘途。

李清照以詞聞名，其風格內容當屬婉約派。一般將她的詞以宋室南渡為分水嶺，分為兩個不同時期；前期明快妍麗，後期蒼涼沉鬱。《漱玉詞》現存七十餘首署有李清照、李易安、易安夫人等名字的詞作中，約有三分之一真偽莫定，本書所選注的四十七首詞乃經多方比對選定。並收錄詩首、文六首。

點絳唇

蹴罷秋千，起來慵整纖纖手。
露濃花瘦，薄汗輕衣透。
見客入來，襪剗金釵溜。和羞走。
倚門回首，卻把青梅嗅。

點絳唇—此詞用韓偓《偶見》詩意：「鞦韆打困解羅裙，指點醍醐索一尊。見客入來和笑走，手搓梅子映中門。」

蹴—即打秋千。

襪剗—只穿著襪子走路。

金釵溜—金釵滑落。

鷓鴣天　桂

暗淡輕黃體性柔，情疏跡遠只香留。
何須淺碧深紅色，自是花中第一流。
梅定妒，菊應羞。畫欄開處冠中秋。
騷人可煞無情思，何事當年不見收？

「畫欄」句—化用李賀《金銅仙人辭漢歌》「畫欄桂樹懸秋香」之句，指桂花是中秋時節首屈一指的花木。

騷人—指戰國時詩人屈原。屈原作《離騷》，故稱他為騷人。

「騷人」二句—問屈原為何《離騷》多載花木名稱而未及桂花，作者認為屈原的審美情趣不如她。可煞，疑問詞。

漁家傲

雪裡已知春信至，寒梅點綴瓊枝膩。
香臉半開嬌旖旎。
當庭際，玉人浴出新妝洗。
造化可能偏有意，故教明月玲瓏地。
共賞金樽沉綠蟻。
莫辭醉，此花不與群花比。

漁家傲—宋代汴京、洛陽人家多於庭院種植臘梅，此詞詠梅，似早年作於汴京。

瓊枝膩—形容梅枝清瘦，著雪而豐腴。膩，肥。

香臉半開—指梅花含苞欲放。

玉人—美人，指梅花。

玲瓏—晶瑩明亮。

綠蟻—酒的代稱。

減字木蘭花

賣花擔上，買得一枝春欲放。
淚染輕勻，猶帶彤霞曉露痕。
怕郎猜道，奴面不如花面好，
雲鬢斜簪，徒要叫郎比並看。

減字木蘭花—一般認為此詞反映她於徽宗建中靖國元年（西元一一〇一年）的新婚生活。

賣花擔—宋代在春季有挑擔賣花的風俗。

一枝春—即一朵花。

彤霞—紅色的朝霞。

雲鬢—形容女子濃黑而柔美的頭髮。

「徒要」句—此句意謂自己比花更好看。比並，相比。

如夢令

昨夜雨疏風驟，濃睡不消殘酒。
試問捲簾人，卻道「海棠依舊」。
知否？知否？應是綠肥紅瘦。

如夢令—此詞作於南渡前，寫惜春之情。

雨疏風驟—雨點稀落，晚風急猛。

捲簾人—指閨中侍婢。

綠肥紅瘦—綠葉繁茂，紅花凋零。

怨王孫

帝里春晚，重門深院。
草綠階前，暮天雁斷。
樓上遠信誰傳？恨綿綿。

多情自是多沾惹，難拚捨。
又是寒食也。
秋千巷陌人靜，皎月初斜，浸梨花。

怨王孫—此詞大致作於徽宗崇寧二年，時趙明誠已出仕，李清照獨居汴京。

帝里—京城，此指汴京。

沾惹—招惹、招引。

拚捨—捨棄。

寒食—在清明前一或二日。

秋千—古人有在清明節盪秋千的習俗。

「皎月」二句—指明月皎潔如水，浸透梨花。

一剪梅

紅藕香殘玉簟秋，
輕解羅裳，獨上蘭舟。
雲中誰寄錦書來？
雁字回時，月滿西樓。
花自飄零水自流，
一種相思，兩處閒愁。
此情無計可消除，
才下眉頭，卻上心頭。

一剪梅—此詞作於趙明誠外出尋訪碑刻時。

「紅藕」句—紅色的荷花凋謝，光潔如玉的竹蓆已透涼意。簟，竹席。

裳—古人穿的下衣，也泛指衣服。

蘭舟—用木蘭樹幹造的舟，此處為床的雅稱。

錦書—前秦蘇蕙曾織錦作《璇璣圖詩》，寄其夫竇滔，計八百四十字，宛轉循環以讀之，文詞淒婉。後人因稱妻寄夫為錦字，或稱錦書；亦泛為書信的美稱。

雁字—大雁在天空列成一字或人字隊形，因稱「雁字」。

兩處閒愁—意指彼此都在思念對方。

慶清朝

禁幄低張，彤闌巧護，就中獨占殘春。容華淡佇，綽約俱見天真。待得群花過後，一番風露曉妝新。妖嬈態，妒風笑月，長殢東君。

東城邊，南陌上，正日烘池館，競走香輪。綺筵散日，誰人可繼芳塵？更好明光宮裡，幾枝先近日邊勻。金尊倒，拚了畫燭，不管黃昏。

慶清朝—此詞上片詠芍藥，下片寫郊遊盛況。此詞應寫作於汴京，是作者一生最得意之時。

禁幄低張—指護花的帷幕低垂。禁幄，張設在禁苑中的帷幄。

彤闌—一作雕闌。

「容華」句—指素淡的芍藥花像不經修飾的美女。佇，久立，此處形容花色淡雅。

殢—滯留。

東君—指春神。

東城邊—指城外遊覽之處。

芳塵—一指對香輪車塵的美稱，一指詞人很欣賞這種入禁賞花的高雅活動。

行香子

草際鳴蛩，驚落梧桐，
正人間天上愁濃。
雲階月色，關鎖千重。
縱浮槎來，浮槎去，不相逢。
星橋鵲駕，經年才見，
想離情別恨難窮。
牽牛織女，莫是離中？
甚霎兒晴，霎兒雨，霎兒風。

鳴蛩—又名吟蛩，蟋蟀。

槎—用竹木編成的筏子，可以渡水。

星橋—相傳農曆七月七日夜群鵲在銀河銜接為橋，渡牛郎、織女相會，稱為「鵲橋」，也稱「星橋」。

莫是—莫，猜測，大概的意思。

甚—正。

南歌子

天上星河轉，人間簾幕垂。
涼生枕簟淚痕滋。
起解羅衣，聊問夜何其？

翠貼蓮蓬小，金銷藕葉稀。
舊時天氣舊時衣，
只有情懷，不似舊家時。

星河—即銀河。

夜何其—語出《詩經‧小雅‧庭燎》：「夜如何其？夜未央。」

「翠貼」二句—用金翠的蓮藕花樣作衣上的妝飾，為下句「舊時衣」的對比。

舊家—指從前。

多麗 詠白菊

小樓寒，夜長簾幕低垂。恨蕭蕭，無情風雨，夜來揉損瓊肌。也不似、貴妃醉臉，也不似、孫壽愁眉。韓令偷香，徐娘傅粉，莫將比擬未新奇。細看取，屈平陶令，風韻正相宜。微風起，清芬醞藉，不減荼蘼。漸秋闌、雪清玉瘦，向人無限依依。

多麗—此詞作於大觀元年（西元一一〇七年），李清照與趙明誠此時居青州鄉里。

瓊肌—肌膚如美玉。此喻指白菊。

貴妃醉臉—言楊貴妃稍飲酒，臉微紅，有國色天香之美。是對牡丹的比喻。

孫壽愁眉—東漢權臣梁冀之妻孫壽，善於作態以取媚於人。她畫的眉，長而曲折，時號「愁眉」。

韓令偷香—晉時人韓壽，長得很俊美。賈充之女看上了他，與他私下往來，並把皇帝賜給她父親的外臣進貢的異香偷贈韓壽。賈充聞到韓身上的香味，發現了女兒的私情，只好讓他們成婚。

徐娘傅粉—指徐娘用粉打扮。傅

似愁凝、漢皋解佩；似淚灑、紈扇題詩。朗月清風，濃煙暗雨，天教憔悴度芳姿。縱愛惜，不知從此，留得幾多時。人情好，何須更憶，澤畔東籬？

粉，本為三國時魏人何晏典。何晏平日喜修飾，粉白不去手，人稱「傅粉何郎」。

屈平陶令—屈原，名平。心志高潔，不同流合汙。陶潛，字淵明，曾為彭澤令。細賞白菊，如對直臣高士，故有「風韻正相宜」之語。

荼蘼—花黃如酒，開於春末。

漢皋解佩—喻所愛逝去之速。《列仙傳》載：鄭交甫經過漢皋，看見兩個少女，佩兩珠。交甫向她們求珠，少女就解下珍珠送給他。走不遠，二女不見，珍珠也不見了。

紈扇題詩—感嘆事物隨時序之變化。漢成帝妃班婕妤，失寵後退居東宮，曾作《怨歌行》，以「秋扇見捐」自喻。

澤畔東籬—澤畔借指屈原。東籬借指陶淵明。

如夢令

常記溪亭日暮，沉醉不知歸路。

興盡晚回舟，誤入藕花深處。

爭渡，爭渡，驚起一灘鷗鷺！

常—同「嘗」，曾經之意。此為作者記述她的一次出遊。

興盡—用晉朝王徽之雪夜訪戴逵的典故。

晚—指天黑路暗。

鷗鷺—泛指水鳥。

青玉案

一年春事都來幾，早過了，三之二。綠暗紅嫣渾可事。綠楊庭院，暖風簾幕，有箇人憔悴。

買花載酒長安市，爭似家山見桃李？不枉東風吹客淚。相思難表，夢魂無據，惟有歸來是。

都來—算來。

紅嫣—紅豔的花朵。

可事—可心的樂事。

爭似—怎比得上。

家山—家鄉。此指青州。

不枉—不怪。

是—指是最好的。

憶秦娥

臨高閣。亂山平野煙光薄。煙光薄。
棲鴉歸後，暮天聞角。
斷香殘酒情懷惡。西風催襯梧桐落。
梧桐落。又還秋色，又還寂寞。

亂山平野—起伏相疊的群山，平坦廣闊的原野。

角—畫角。形如竹筒，以竹木或皮革製成，外加彩繪，故稱「畫角」。發音哀厲高亢，古代軍中常用來警報昏曉。

催襯—通「催趁」。宋時口語，指催促、催趕。

醉花陰

薄霧濃雰愁永晝，瑞腦銷金獸。佳節又重陽，玉枕紗廚，半夜涼初透。

東籬把酒黃昏後，有暗香盈袖。莫道不銷魂，簾捲西風，人比黃花瘦。

醉花陰—此詞作於大觀二年（西元一一〇八年）。

瑞腦銷金獸—香爐裡的香料漸漸燒完了。瑞腦，一稱龍瑞腦，香料名。金獸，獸形的銅香爐。

紗廚—即防蚊蠅的紗帳。

東籬—種菊花的地方。

暗香—指菊花的幽香。

銷魂—形容極度憂傷。

鳳凰臺上憶吹簫

香冷金猊，被翻紅浪，起來慵自梳頭。任寶奩塵滿，日上簾鉤。生怕離懷別苦，多少事、欲說還休。新來瘦、非干病酒，不是悲秋。

休休！這回去也，千萬遍陽關，也則難留。念武陵人遠，煙鎖秦樓。唯有樓前流水，應念我、終日凝眸。凝眸

金猊—獅形銅香爐。猊，獅子。

被翻紅浪—錦被凌亂，猶如波浪起伏。

寶奩塵滿—喻指懶於梳妝。寶奩，梳妝盒。

日上簾鉤—指遲起。

新來—近來。

病酒—因飲酒過量而致病。

休休—罷了。

千萬遍陽關—形容離情之深。陽關，語出《陽關三疊》，是唐宋時的送別曲，此處泛指離歌。

也則—也是。宋時口語。

武陵人遠—引用陶淵明《桃花源

處ㄔㄨˋ，從ㄘㄨㄥˊ今ㄐㄧㄣ又ㄧㄡˋ添ㄊㄧㄢ，一ㄧˊ段ㄉㄨㄢˋ新ㄒㄧㄣ愁ㄔㄡˊ。

記》中，武陵漁人誤入桃花源，離開後再去便找不到路徑了。此處借指愛人去的遠方。

煙鎖秦樓—說自己獨居妝樓。秦樓，即鳳臺，相傳春秋時秦穆公女弄玉與其夫蕭史乘風飛升之前的住所。

樓前流水—以喻相思。

浣溪沙

小院閒窗春色深，重簾未捲影沉沉。
倚樓無語理瑤琴。

遠岫出雲催薄暮，細風吹雨弄輕陰，
梨花欲謝恐難禁。

浣溪沙—作於徽宗大觀年間。

閒窗—裝有護欄的窗子。
沉沉—指閨房幽暗深邃。
瑤琴—飾玉的琴，泛指古琴。

遠岫—遠山。
輕陰—暗淡的輕雲。
「梨花」句—晚春時節梨花凋落，讓人感到格外傷感，甚至難以禁受。

浣溪沙

淡蕩春光寒食天，玉爐沉水裊殘煙。
夢迴山枕隱花鈿。
海燕未來人鬥草，江梅已過柳生綿。
黃昏疏雨濕鞦韆。

淡蕩—和舒的樣子，多用以形容春天的景物。
玉爐—香爐之美稱。
沉水—沉香。
山枕—兩端隆起如山形的凹枕。
花鈿—用金片鑲嵌成花形的首飾。
鬥草—一種競採百草、比賽優勝的遊戲。
江梅—梅的一種品種。
柳綿—即柳絮。

浣溪沙

髻子傷春慵更梳，晚風庭院落梅初。
淡雲來往月疏疏。
玉鴨熏爐閒瑞腦，朱櫻斗帳掩流蘇。
遺犀還解辟寒無？

疏疏－形容月光時有時無。

「**朱櫻**」句－織有朱紅櫻桃花色的小帳低垂，上面裝飾著五色紛披的絲穗。

「**遺犀**」句－犀，犀角，指帳上之鎮幃犀。幃上懸犀，可使不因風而動，有辟寒意。

浣溪沙

莫許杯深琥珀濃，未成沉醉意先融。
疏鐘已應晚來風。
瑞腦香消魂夢斷，辟寒金小髻鬟鬆。
醒時空對燭花紅。

琥珀—松柏樹脂的化石。紅者叫琥珀，黃而透明的叫蠟珀。此指酒色紅如琥珀。

瑞腦—一種薰香名，又稱龍腦，即冰片。

辟寒金—王嘉《拾遺記》載：三國時昆明國進貢一種鳥，吐金屑如粟。宮人爭用這種金屑裝飾釵珮。這種鳥畏霜雪，魏帝為牠蓋了一個溫室，名辟寒台。又稱此鳥所吐之金為辟寒金。辟寒金小指釵小髻鬆，寫嬌慵之態。

點絳唇

寂寞深閨，柔腸一寸愁千縷。惜春春去，幾點催花雨。

倚遍闌干，只是無情緒。人何處？連天芳草，望斷歸來路。

柔腸句—語本晏殊《木蘭花》：「無情不似多情苦，一寸還成千萬縷。」

人何處—所思念的人在哪裡？

念奴嬌

蕭條庭院，又斜風細雨，重門須閉。寵柳嬌花寒食近，種種惱人天氣。險韻詩成，扶頭酒醒，別是閒滋味。征鴻過盡，萬千心事難寄。

樓上幾日春寒，簾垂四面，玉闌干慵倚。被冷香消新夢覺，不許愁人不起。清露晨流，新桐初引，多少遊春意。日高煙斂，更看今日晴未？

念奴嬌——此詞作於徽宗政和六年（西元一一一六年）居青州期間。

險韻——用生疏冷僻、難押韻的字做韻腳。

扶頭酒——容易飲醉的酒。口語中常稱上頭、纏頭。一說「扶頭」為酒名。

玉闌干——白玉石欄杆。

「清露」二句——詞出劉義慶《世說新語·賞譽》：「於是清露晨流，新桐初引。」初引，葉初長。

木蘭花令

沉水香消人悄悄，樓上朝來寒料峭。
春生南浦水微波，雪滿東山風未掃。
金尊莫訴連壺倒，捲起重簾留晚照。
為君欲去更憑欄，人意不如山色好。

沉水—香料名。

南浦—《楚辭・九歌・河伯》：「子交手兮東行，送美人兮南浦。」後以南浦泛指送別之地。

金尊莫訴—勸酒之辭。莫訴，不要推辭飲酒。

留晚照—留住夕照。

蝶戀花

暖雨和風初破凍。柳眼梅梢，已覺春心動。酒意詩情誰與共？淚融殘粉花鈿重。

乍試夾衫金縷縫。山枕斜欹，枕損釵頭鳳。獨抱濃愁無好夢，夜闌猶剪燈花弄。

蝶戀花—本名《鵲踏枝》、《鳳棲梧》。此詞寫於趙明誠屏居十年後重新出仕，李清照卻獨居青州之時。

柳眼—初生的柳葉細長柔軟，似人睡眼初開，故稱柳眼。

花鈿—用金翠珠寶製成的花形首飾。

山枕—兩端隆起、中間低凹之枕。

蝶戀花　上巳召親族

永夜厭厭歡意少，
空夢當時，認取長安道。
為報今年春色好，花光月影宜相照。
隨意杯盤雖草草，
酒美梅酸，恰稱人懷抱。
醉莫插花花莫笑，可憐春似人將老。

上巳召親族—此詞作於高宗建炎二年（西元一一二八年）上巳節，時在江寧，汴京淪陷將近一年。上巳，農曆三月初三，古人此時到水邊洗濯，以除不祥。

厭厭—通「懨懨」。精神不振的樣子。

當時—指南渡前徽宗崇寧年間在汴京時。

長安—漢唐故都，此代指北宋都城汴京。

草草—意謂酒席簡單。

「醉莫」二句—宋人有簪花習俗。蘇軾《吉祥寺賞牡丹》詩：「人老簪花不自羞，花應羞上老人頭。」

添字醜奴兒 芭蕉

窗前誰種芭蕉樹？
陰滿中庭。陰滿中庭。
葉葉心心，舒卷有餘情。

傷心枕上三更雨，
點滴淒清。點滴淒清。
愁損北人，不慣起來聽。

陰滿中庭——蕉葉長而寬大四垂，綠蔭遮滿中庭。

北人——北方人。宋代中原人南渡者，多稱北人。

小重山

春到長門春草青，
江梅些子破，未開勻。
碧雲籠碾玉成塵，
留曉夢，驚破一甌春。
花影壓重門，疏簾鋪淡月，好黃昏。
二年三度負東君。
歸來也，著意過今春。

「**春到**」句—《花間集》薛昭蘊《小重山》詞：「春到長門春草青，玉階華露滴，月朧明。」此用其成句。長門，漢代冷宮，比喻被冷落。

些子—一點兒。宋時方言。

破—指江梅綻放。

「**碧雲**」句—碧雲指青綠色的團茶。碾玉成塵，即茶餅被碾成碎末。黃庭堅《催公靜碾茶詩》：「睡魔正仰茶料理，急遣溪童碾玉塵」，其中的「碾玉塵」與此詞「碾玉成塵」意同。宋時崇尚團茶，即將茶葉調和香料壓製成團狀，用時再碾碎，故稱「碾玉」。

一甌春—李煜《漁父》詞：「花

滿渚，酒滿甌」，甌指飲料容器。春指茶。

東君—本為《楚辭．九歌》篇名，以東君為日神。此處指美好的春光。

著意—用心的意思。

鷓鴣天

寒日蕭蕭上鎖窗，梧桐應恨夜來霜。
酒闌更喜團茶苦，夢斷偏宜瑞腦香。
秋已盡，日猶長，仲宣懷遠更淒涼。
不如隨分尊前醉，莫負東籬菊蕊黃。

蕭蕭—淒清冷落的樣子。

鎖窗—鏤刻連鎖紋飾之窗戶。鎖通「瑣」。

酒闌—酒興將盡。

團茶—團片狀之茶餅，飲用時則碾碎之。

「仲宣」句—王粲，字仲宣，三國魏山陽人。東漢末年，王粲到荊州依劉表，曾登當陽城樓，寫有《登樓賦》。懷遠，指懷念故土。

東籬菊蕊黃—化用陶淵明「採菊東籬下」句。

臨江仙

歐陽公作《蝶戀花》，有「庭院深深深幾許」之句，予酷愛之。用其語作「庭院深深」數闋。其聲蓋即舊《臨江仙》也。

庭院深深深幾許？雲窗霧閣常扃。
柳梢梅萼漸分明。
春歸秣陵樹，人客建安城。

感月吟風多少事，如今老去無成。
誰憐憔悴更凋零。
燈花空結蕊，離別共傷情。

「庭院」句—與歐陽修《蝶戀花》詞一樣，連用三個「深」字，前兩個「深」字為形容詞，形容庭院之深；後一個「深」字為動詞，作疑問句，加重語氣，強調深。連疊三個「深」字，乃比興之作。

扃—安裝在門外的門閂或環鈕。此處引申為關閉。

秣陵—今江蘇南京。

建安—一作建康。

老去—李清照時年四十六歲，又經喪亂，故易嘆老。

燈花—燈心的餘燼，爆成花形，古人以燈花為吉兆。

滿庭芳

殘梅

小閣藏春，閒窗鎖晝，畫堂無限深幽。篆香燒盡，日影下簾鉤。手種江梅漸好，又何必臨水登樓。無人到，寂寥恰似，何遜在揚州。

從來知韻勝，難禁雨藉，不耐風揉。更誰家橫笛，吹動濃愁。莫恨香消雪減，須信道、掃跡情留。難言處，良宵淡月，疏影尚風流。

小閣—指婦女的內寢。

「畫堂」句—極言畫堂之狹長暗淡與幽靜。

「篆香燒盡」二句—指整日時光已流逝。

「手種江梅」二句—沉痛之語，指在江寧已可安頓，不必懷歸。

臨水登樓—用陶淵明臨長流賦詩，和三國王粲登樓望鄉故事。

「何遜」句—指寂寥情景就像當年何遜居揚州時，獨自在梅樹下吟詠梅花詩的情懷。

韻勝—風神韻致，勝過群花。

難禁雨藉—禁不起風吹雨打。

山花子

病起蕭蕭兩鬢華，臥看殘月上窗紗。
豆蔻連梢煎熟水，莫分茶。
枕上詩書閒處好，門前風景雨來佳。
終日向人多蘊藉，木樨花。

病起—曾長期臥床不起，此刻已能下床活動了。

蕭蕭—頭髮花白稀疏的樣子。

豆蔻—植物名，種子有香氣，可入藥，性辛溫，能去寒濕。

熟水—宋人常用飲料。

莫分茶—即不飲茶，茶性涼，與豆蔻性正相反，故忌之。

蘊藉—含蓄寬容。此喻木樨花溫雅醇厚。

浪淘沙

簾外五更風，吹夢無蹤。
畫樓重上與誰同？
記得玉釵斜撥火，寶篆成空。

回首紫金峰，雨潤煙濃。
一江春浪醉醒中。
留得羅襟前日淚，彈與征鴻。

浪淘沙─此詞作於趙明誠卒後。

「記得」二句─回憶昔日夫婦的生活。寶篆，篆字香。

紫金峰─鎮江有紫金、浮玉諸峰，在長江一帶。

「羅襟」句─指趙明誠去世帶來的悲傷。

孤雁兒

世人作梅詞，下筆便俗。予試作一篇，乃知前言不妄耳。

藤床紙帳朝眠起，說不盡、無佳思。沉香煙斷玉爐寒，伴我情懷如水。笛聲三弄，梅心驚破，多少春情意。

小風疏雨瀟瀟地，又催下千行淚。吹簫人去玉樓空，腸斷與誰同倚？一枝折得，人間天上，沒箇人堪寄。

藤床紙帳—用藤竹編成的輕便單人床，用堅韌的繭紙作的帳子。這種床帳，暗示著清雅而淡泊的生活。

笛聲三弄—笛曲有《梅花三弄》。

吹簫人去—用蕭史、弄玉典故，喻趙明誠已逝。

清平樂

年年雪裡，常插梅花醉。
挼盡梅花無好意，贏得滿衣清淚。
今年海角天涯，蕭蕭兩鬢生華。
看取晚來風勢，故應難看梅花。

挼—揉搓。

看取—且看。

風勢—指金人南侵，形勢緊迫。

漁家傲

天接雲濤連曉霧，星河欲轉千帆舞。
彷彿夢魂歸帝所。
聞天語，殷勤問我歸何處？

我報路長嗟日暮，學詩漫有驚人句。
九萬里風鵬正舉。
風休住，蓬舟吹取三山去。

星河欲轉—寫詞人從顛簸的船艙中仰望天空，天上的銀河似乎轉動一般。

千帆舞—海上刮起了大風，無數的舟船在風浪中飛舞前進。

帝所—天帝所居之所。

聞天語—語本李白《飛龍引》：「造天關，聞天語，屯雲河車載玉女。」

「我報」句—語本戰國屈原《離騷》：「路曼曼其修遠兮，吾將上下而求索。」

「學詩」句—語本杜甫詩：「為人性僻耽佳句，語不驚人死不休。」漫，空自。

蓬舟—狀如飛蓬之舟。

三山—傳說中仙人所居的蓬萊、方丈、瀛洲三神山。

菩薩蠻

風柔日薄春猶早，夾衫乍著心情好。
睡起覺微寒，梅花鬢上殘。
故鄉何處是？忘了除非醉。
沉水臥時燒，香消酒未消。

日薄—早春陽光和煦宜人。

沉水—即沉水香。一種熏香料。

好事近

風定落花深，簾外擁紅堆雪。
長記海棠開後，正傷春時節。
酒闌歌罷玉尊空，青缸暗明滅。
魂夢不堪幽怨，更一聲啼鴂。

風定—風停。
擁紅堆雪—凋落的花瓣堆積。
酒闌—喝完了酒。
青缸—青燈，即燈火青熒，燈光青白微弱之意。

武陵春

風住塵香花已盡，日晚倦梳頭。
物是人非事事休，欲語淚先流。
聞說雙溪春尚好，也擬泛輕舟。
只恐雙溪舴艋舟，載不動許多愁。

武陵春—此詞作於高宗紹興五年（西元一一三五年）暮春，時李清照在金華。

塵香—落花觸地，塵土也沾染上落花的香氣。

雙溪—在金華。

也擬—也想、也打算。

舴艋舟—小船，兩頭尖如蚱蜢。

轉調滿庭芳

芳草池塘，綠陰庭院，晚晴寒透窗紗。玉鉤金鏁，管是客來唦。寂寞尊前席上，唯愁海角天涯。能留否？酴醿落盡，猶賴有梨花。

當年、曾勝賞，生香熏袖，活火分茶。極目猶龍驕馬，流水輕車。不怕風狂雨驟，恰才稱，煮酒殘花。如今也，不成懷抱，得似舊時那？

「芳草」三句—意謂心境孤寂，就算天氣晴好，仍覺寒氣逼人。

玉鉤—新月。

鏁—通「鎖」。

管是客來唦—準是來客了。管是，必定是。唦，語氣詞，相當於現在的「啊」。

海角天涯—此處指被金統治的大好河山。

酴醿落盡—指春天已遠去。

曾勝賞—曾經盡情遊賞。

生香—上等麝香。

活火—指旺火。

分茶—宋元時煎茶之法。注湯後用箸攪茶乳，使湯水波紋幻變成種種形狀。

稱—相稱。

煮酒殘花—似當作「煮酒牋花」。煮酒，即溫酒、燙酒。殘花，於紙上寫詩詠花。

永遇樂 元宵

落日鎔金，暮雲合璧，人在何處？染柳煙濃，吹梅笛怨，春意知幾許。元宵佳節，融和天氣，次第豈無風雨？來相召，香車寶馬，謝他酒朋詩侶。

中州盛日，閨門多暇，記得偏重三五。鋪翠冠兒，撚金雪柳，簇帶爭濟楚。如今憔悴，風鬟霜鬢，怕見夜間

元宵—此詞當作於紹興九年（西元一一三九年）元宵。此年宋金議和，有慶元宵之可能。

人在何處—係作者自問「我這是在哪裡呢？」

吹梅笛怨—指笛子吹出《梅花落》曲幽怨的聲音。

次第—接著，轉眼。

香車寶馬—指貴族婦女所乘坐的裝飾華美的車駕。

「謝他」句—表明詞人不屑與醉生夢死者為伍。

中州—指北宋汴京。

「閨門」二句—指詞人未婚時，處境優越，有那份閒情，逢元宵佳節便著意打扮。

鋪翠冠兒—飾有翠羽的帽子。

出去。不如向、簾兒底下，聽人笑語。

雪柳—以素絹和銀紙做成的頭飾。

簇帶—簇，叢聚貌。帶通「戴」。

濟楚—整齊漂亮。

風鬟霜鬢—髮亂鬢白。

怨王孫

夢斷漏悄，愁濃酒惱。

寶枕生寒，翠屏向曉。

門外誰掃殘紅？夜來風。

玉簫聲斷人何處？

春又去，忍把歸期負。

此情此恨，此際擬托行雲，問東君。

怨王孫—此詞寫暮春景象，又含悼亡之意。

漏悄—漏聲寂靜。

酒惱—指借酒消愁而不能，反更添煩惱。

夜來—此謂昨夜。

玉簫聲斷—謂失去伴侶。

問東君—春風拂面，借以托懷。

山花子

揉破黃金萬點輕，剪成碧玉葉層層。
風度精神如彥輔，太鮮明。
梅蕊重重何俗甚，丁香千結苦粗生。
熏透愁人千里夢，卻無情。

山花子——此詞作於紹興中定居杭州時。

揉破黃金——比喻金色丹桂初綻之美。

碧玉——喻桂樹葉。

「風度」句——彥輔，即西晉末年被後人稱為「中朝名士」的樂廣，因其官至尚書令，故又史稱「樂令」。據史傳記載，樂廣為人神姿朗徹，被時人譽為「此人之水鏡也，見之瑩然，若披雲霧而青天也」。可見樂彥輔之倜儻非常。

「梅蕊」二句——明貶梅與丁香的粗、俗，暗譽丹桂之清、雅。丁香千結，指紫丁香花蕊。苦粗生，苦於粗糙。

聲聲慢

尋尋覓覓，冷冷清清，淒淒慘慘戚戚。乍暖還寒時候，最難將息。三杯兩盞淡酒，怎敵他、晚來風急？雁過也，正傷心，卻是舊時相識。

滿地黃花堆積，憔悴損，如今有誰堪摘？守著窗兒，獨自怎生得黑。梧桐更兼細雨，到黃昏、點點滴滴。這次第，怎一個愁字了得。

聲聲慢—此詞當作於李清照晚年。

將息—宋時俗語。保重身體之義。

「雁過也」三句—古人以鴻雁代指傳遞訊息的使者，亦作為故鄉的象徵。此處詞人寫思鄉之情。

黃花—此指菊花。

怎生—如何，怎樣。宋時口語。

這次第—這光景、這情形。

了得—意為了結。

夏日絕句

生當作人傑，死亦為鬼雄。
至今思項羽，不肯過江東。

人傑－人中的豪傑。漢高祖曾稱贊開國功臣張良、蕭何、韓信是「人傑」。

鬼雄－鬼中的英雄。屈原《國殤》：「身既死兮神以靈，魂魄毅兮為鬼雄。」

項羽－秦末下相（今江蘇宿遷）人。自立為西楚霸王。後被劉邦打敗，突圍至烏江（在安徽和縣），自刎而死。

江東－指長江下游南岸一帶，是項羽起兵的地方。

玉樓春

紅酥肯放瓊苞碎，探著南枝開遍未。
不知醞藉幾多香，但見包藏無限意。
道人憔悴春窗底，悶損闌干愁不倚。
要來小酌便來休，未必明朝風不起。

玉樓春—詞牌名，又名「木蘭花」。

紅酥—這裡指色澤滋潤的紅梅。

瓊苞—像玉一般溫潤欲放的鮮嫩梅蕊。

醞藉—《漢書．薛廣德傳》：「廣德為人，溫雅有醞藉。」意謂寬和有涵容。在此詞中則與下句的「包藏」意思相近。

道人—《漢書．京房傳》：「道人始去。」顏師古注：「道人，謂有道術之人也。」此詞中係作者自稱。一說「人」為李清照自指，「道人」，意謂別人這樣說我、議論我。

憔悴—困頓委靡的樣子。

小酌—隨便的飲宴。

休—語助詞，含有「呵」的意思。便來休，意思是快來呵。

浣溪沙

繡面芙蓉一笑開，斜飛寶鴨襯香腮。
眼波才動被人猜。
一面風情深有韻，半箋嬌恨寄幽懷。
月移花影約重來。

繡面—唐宋以前婦女面額及頰上均貼紋飾花樣。
芙蓉—荷花，此處指很好看。
寶鴨—指兩頰所貼鴨形圖案，可參敦煌壁畫供養人之婦女繪畫，或以為指釵頭形狀為鴨形的寶釵，釵，古代婦女頭上的飾物。
香腮—美麗芳香的面頰。
一面—整個臉上。
風情—男女愛慕之情。
韻—標緻。
箋—紙，指信箋、詩箋。

【附錄】

李清照詩文集

春殘

春殘何事苦思鄉，病裡梳頭恨髮長。
梁燕語多終日在，薔薇風細一簾香。

梁燕—梁上之燕。
「薔薇」句—唐高駢《山亭夏日》詩：「水精簾動微風起，滿架薔薇一院香。」

浯溪中興頌詩和張文潛　其一

五十年功如電掃，華清花柳咸陽草。
五坊供奉鬥雞兒，酒肉堆中不知老。
胡兵忽自天上來，逆胡亦是奸雄才。
勤政樓前走胡馬，珠翠踏盡香塵埃。
何為出戰輒披靡？傳置荔枝多馬死。
堯功舜德本如天，安用區區紀文字。
著碑銘德真陋哉，迺令神鬼磨山崖。
子儀光弼不自猜，天心悔禍人心開。

浯溪中興頌—浯溪，地名，在湖南祁陽縣。元結撰《大唐中興頌》，刻於浯溪石崖上，時人謂之摩崖碑。碑文記述了安祿山作亂，肅宗平亂，大唐得以中興的史實。

和張文潛—北宋詩人，名耒，「蘇門四學士」之一。張耒曾作有《讀中興頌碑》一詩。和，依照他人詩詞的題材或體裁作詩詞。

五十年功—唐玄宗在位四十三年，此舉其成數。

華清花柳—華清，華清宮，在陝西臨潼驪山。花柳，一作宮柳。

咸陽草—唐劉滄《咸陽懷古》詩：「渭水故都秦二世，咸陽秋草漢諸陵。」

五坊—《新唐書・百官志》：「閒使押五坊以供時狩，一曰雕坊，二曰鶻坊，三曰鷂坊，四曰鷹坊，五曰狗坊。」後人指不務正業之

夏商有鑑當深戒，簡策汗青今俱在。
君不見當時張說最多機，
雖生已被姚崇賣。

人為「五坊小兒」。

鬥雞兒—此指唐玄宗愛好鬥雞，玩物喪志。

胡兵—指安祿山叛亂部隊。安祿山本營州柳城胡人。史思明亦為胡人。

奸雄才—奸詐欺世的野心家。

勤政樓—唐玄宗建，為明皇賜宴設酺之處。

披靡—潰敗。

著碑銘德—撰寫碑文銘記功德。

子儀—郭子儀，唐代名將，唐玄宗時，累遷朔方節度使，平安史之亂有功，封汾陽王。

光弼—李光弼，唐代名將。平安史之亂有功，授天下兵紀都元帥，封淮郡王。

簡策汗青—古時書籍由竹簡編成，為便於書寫和長久保存，必須將竹簡在火藥上烤乾，炙烤時竹簡出水如汗一般，故曰汗青。此簡策汗青代指史冊。

張說、姚崇——二人均為唐玄宗時名相。此句意指張說最多才智機巧，雖然活著卻被死去的姚崇欺弄。

浯溪中興頌詩和張文潛 其二

君不見驚人廢興傳天寶，
中興碑上今生草。
不知負國有奸雄，但說成功尊國老。
誰令妃子天上來，虢秦韓國皆天才。
花桑羯鼓玉方響，春風不敢生塵埃。
姓名誰復知安史，健兒猛將安眠死。
去天尺五抱甕峰，峰頭鑿出開元字。
時移勢去真可哀，奸人心醜深如崖。

「君不見」句—唐朝天寶年間，由極盛而爆發安史之亂，故曰「驚人廢興」。

負國有奸雄—指李林甫、楊國忠之流。

國老—告老退休的卿大夫。此指郭子儀、李光弼等平息安史之亂的功臣。

花桑羯鼓—樂器，以山桑木製成。唐玄宗素喜音律，尤擅長擊羯鼓，人稱為「八音領袖」。

方響—古代打擊樂器。

「春風」句—指明皇與貴妃擊鼓作樂時，使得春風也不敢吹起塵埃。

去天—形容山勢高峻。

西蜀萬里尚能反，南內一閉何時開？
可憐孝德如天大，反使將軍稱好在。
嗚呼，
奴婢乃不能道輔國用事張后尊，
乃能念春薺長安作斤賣。

「好人」句—指李林甫心機極深。

南內—即興慶宮，在東內之南，因稱南內。玄宗自西蜀歸，被素宗寵幸之宦官李輔國幽禁在南內。

孝德如天—指以孝道聞名的唐玄宗。

將軍—指高力士，於天寶七年加驃騎大將軍。

好在—好生，莫亂來。

輔國—肅宗時受寵幸的宦官李輔國。

張后—即張良娣，肅宗為忠王時納為良娣，後被立為皇后。肅宗病危，謀立越王李係，為李輔國、程元振所殺。

春薺—謂高力士長流巫州時，於園中見薺菜，土人不解吃，便賦詩曰：「兩京稱斤賣，五溪無人採。夷夏雖有殊，氣味應不改。」

分得知字

學語三十年，緘口不求知。
誰譴好奇士，相逢說項斯？

分得知字—古人相約赴詩，選定數字為韻，各人拈一字，依所拈之韻賦詩，叫做分韻。此詩當為李清照屏居青州時，與閨中女友分韻作詩時作。
不求知—不求人知。
好奇士—當指晁補之等人。
項斯—字子遷，作詩初未知名，後受楊敬之賞識，楊贈詩給他：「平生不解藏人善，到處逢人說項斯。」項斯由此知名，科舉登高第。

感懷

宣和辛丑八月十日到萊，獨坐一室，平生所見，皆不在目前。几上有《禮韻》，因信手開之，約以所開為韻作詩，偶得「子」字，因以為韻，作《感懷》詩云。

寒窗敗几無書史，公路可憐合至此。
青州從事孔方君，終日紛紛喜生事。
作詩謝絕聊閉門，燕寢凝香有佳思。
靜中吾乃得至交，烏有先生子虛子。

宣和辛丑—宋徽宗宣和三年，趙明誠起知萊州（今山東萊州），李清照隨之到任。

禮韻—宋代官頒韻書《禮部韻略》，共五卷。

公路—漢末袁術，字公路，曾因士眾絕糧，氣到吐血而亡。此用袁術故事喻初到萊州之窘境。

青州從事—指酒。

孔方君—即孔方兄，指錢。

燕寢—古代多指帝王寢息之所。後亦指地方官員之公館。

「烏有」句—烏有先生、子虛子，都是漢代司馬相如賦中虛構的人物。

曉夢

曉夢隨疏鐘，飄然躡雲霞。
因緣安期生，邂逅萼綠華。
秋風正無賴，吹盡玉井花。
共看藕如船，同食棗如瓜。
翩翩座上客，意妙語亦佳。
嘲辭鬥詭辯，活火分新茶。
雖非助帝功，其樂莫可涯。
人生能如此，何必歸故家？

安期生——傳說中秦時仙人。
萼綠華——古代傳說中的仙女。
無賴——無可奈何。
玉井花——井欄旁的黃花。
藕如船——語出韓愈《古意》：「太華峰頭玉井蓮，開花十丈藕如船。」
棗如瓜——安期生所食大如瓜之棗。
嘲辭——嘲謔之辭。
助帝功——為帝王立功。

起來斂衣坐，掩耳厭喧譁。
心知不可見，念念猶咨嗟。

斂衣——整理衣襟。

詠史

兩漢本繼紹，新室如贅疣。
所以嵇中散，至死薄殷周。

詠史—此詩作於高宗建炎四年九月。時劉豫在金人的扶持下，即皇帝位，國號大齊。李清照激於義憤，作詩斥之。

新室—王莽篡漢，自稱「新室」，即新朝也。

贅疣—肉瘤。比喻多餘無用之物。

嵇中散—嵇康，為魏宗室婿，仕魏為中散大夫，因稱。嵇康反對司馬氏欲去魏自代，因而藉「非湯武而薄周孔」以表明態度。李清照借以指斥劉豫。

偶成

十五年前花月底，相從曾賦賞花詩。
今看花月渾相似，安得情懷似昔時？

偶成—此詩似當作於高宗建炎三年（西元一一二九年）八月趙明誠卒後。

渾相似—完全相似。

安得—怎得。

烏江

生當作人傑，死亦為鬼雄。
至今思項羽，不肯過江東。

烏江—在今安徽和縣東北四十里的長江北岸，為李清照夫婦舟行必經之地，可推知二人曾去烏江邊上的項王祠，有感而賦此詩。

題八詠樓

千古風流八詠樓，江山留與後人愁。
水通南國三千里，氣壓江城十四州。

八詠樓—在宋婺州（今浙江金華），原名元暢樓，宋太宗至道年間更名八詠樓，與雙溪樓、極目亭同為婺州臨觀勝地。

南國—泛指中國南方。

十四州—宋兩浙路計轄二府十二州（平江、鎮江；杭、越、湖、婺、明、常、溫、台、處、衢、嚴、秀州），統稱十四州。

皇帝閣春帖子

莫進黃金簟，新除玉局床。
春風送庭燎，不復用沉香。

皇帝閣春帖子—閣，宮中便殿。春帖子，又名春帖，於立春日撰作。宋制，翰林一年八節要撰作帖子詞，或歌頌昇平，或寓意規諫，貼於禁中門帳。春帖多為五、七言絕句，其體工麗。李清照作此詞時已六十歲。

黃金簟—金絲編織的蓆子。

玉局床—玉製曲腳的床。

庭燎—庭中照明的火炬。逢有國家大事，晚間用庭燎照明。

貴妃閤春帖子

金環半后禮，鉤弋比昭陽。
春生百子帳，喜入萬年觴。

金環—后妃進御及妊娠所用的標誌飾物。
半后禮—享受皇后禮遇之一半。
鉤弋—此指漢武帝時的鉤弋宮。
昭陽—漢成帝時昭陽殿，成帝寵妃趙飛燕居之。
百子帳—唐人婚禮，多用百子帳，取其名與婚宜。
萬年觴—進酒祝帝王長壽。

皇帝閤端午帖子

日月堯天大，璿璣舜曆長。
側聞行殿帳，多集上書囊。

「日月」句—稱頌宋高宗的盛德及太平盛世。
璿璣—即璿璣玉衡，渾天儀的前身，用以觀測天體。
舜曆長—如虞舜一樣久長。
側聞—從旁得知。
行殿帳—帝王出行觀察民風時所用。
上書囊—漢代群臣上章表，如事關機密，則封以皂囊。此指行殿帳是收集許多上書囊為布料製成的，借指帝王節儉。

皇后閤端午帖子

意帖初宜夏，金駒已過蠶。
至尊千萬壽，行見百斯男。

意帖—即指以己意品評帖子詞之優劣。
「金駒」句—指時光已過養蠶時節。金駒，白駒，指日。
至尊—至高無上的地位，指宋高宗。
百斯男—多子。

夫人閣端午帖子

三宮催解粽，妝罷未天明。
便面天題字，歌頭御賜名。

夫人—指宋高宗潘賢妃、張賢妃、劉貴妃等，其時尚未有位號，皆稱夫人。

三宮—此指後宮。

解—京師人以端午日為解節。又久為戲，以葉長者為勝，葉短者輸。或賭博，或賭酒。

「**便面**」句—謂皇帝在扇面題字。便面，障面，亦曰屏面。

「**歌頭**」句—皇帝為新曲題名。

詞論

樂府聲詩並著，最盛於唐。開元、天寶間，有李八郎者，能歌擅天下。時新及第進士開宴曲江，榜中一名士先召李，使易服隱名姓，衣冠故敝，精神慘沮，與同之宴所。曰：「表弟願與座末。」眾皆不顧。既酒行樂作，歌者進，時曹元謙、念奴為冠，歌罷，眾皆咨嗟稱賞。名士忽指李曰：「請表弟歌。」眾皆哂，或有怒者。及轉喉發聲，歌一曲，眾皆泣下，羅拜，曰：「此李八郎也。」自後鄭、衛之聲日熾，流靡之變日煩。已有《菩薩蠻》、《春光好》、《莎雞子》、《更漏子》、《浣溪沙》、《夢江南》、《漁父》等詞，不可遍舉。

五代干戈，四海瓜分豆剖，斯文道熄。獨江南李氏君臣尚文雅，故有「小樓吹徹玉笙寒」、「吹皺一池春水」之詞。語雖奇甚，所謂「亡國之音哀以思」也。

逮至本朝，禮樂文武大備，又涵養百餘年，始有柳屯田永者，變舊聲作新聲，出《樂章集》，大得聲稱於世。雖協音律，而詞語塵下。又有張子野、宋子京兄弟、沈唐、元絳、晁次膺輩繼出，雖時時有妙語，而破碎何足名家。至晏元獻、歐陽永叔、蘇子瞻，學際天人，作為小歌詞，直如酌蠡水於大海，然皆句讀不葺之詩爾，又往往不協音律者。何耶？蓋詩文分平側，而歌詞分五音，又分五聲，又分六律，又分清濁輕重。

且如近世所謂《聲聲慢》、《雨中花》、《喜遷鶯》，既押平聲韻，又押入聲韻；《玉樓春》本押平聲韻，又押上去聲韻，又押入聲。本押仄聲韻，如押上聲則協，如押入聲則不可歌矣。

王介甫、曾子固，文章似西漢，若作一小歌詞，則人必絕倒，不可讀也。乃知詞別是一家，知之者少。後晏叔原、賀方回、秦少游、黃魯直出，始能知之。又晏苦無鋪敘，賀苦少典重；秦即專主情致，而少故實，譬如貧家美女，雖極妍麗豐逸，而終乏富貴態；黃即尚故實，而多疵病，譬如良玉有瑕，價自減半矣。

金石錄後序

右《金石錄》三十卷者何？趙侯德父所著書也。取上自三代，下迄五季，鐘、鼎、甗、鬲、盤、匜、尊、敦之款識，豐碑大碣、顯人晦士之事蹟，凡見於金石刻者二千卷，皆是正偽謬，去取褒貶，上足以合聖人之道，下足以訂史氏之失職者，皆載之，可謂多矣。嗚呼！自王播、元載之禍，書畫與胡椒無異；長輿、元凱之病，錢癖與傳癖何殊？名雖不同，其惑一也。

余建中辛巳，始歸趙氏。時先君作禮部員外郎，丞相作吏部侍郎，侯年二十一，在太學作學生。趙、李族寒，素貧儉，每朔望謁告出，質衣，取半千錢，步入相國寺，市碑文，果實歸；相對展玩咀嚼，自謂葛天氏之民也。後二年，出仕宦，便有飯蔬衣練，窮遐方絕域，盡天下古文奇字之志。日就月將，漸益堆積。丞相居政府，親舊或在館閣，多有亡詩、逸史，魯壁、汲塚所未見之書，遂盡力傳寫，浸覺有味，不能自已。後或見古今名人書畫，一代奇器，亦復脫衣市易。嘗記崇寧間，有人持徐熙《牡丹圖》求錢二十萬。當時雖貴家子弟，求十萬錢豈易得耶？留信宿，計無所出而還之。夫婦相向惋悵者數日。

後屏居鄉里十年，仰取俯拾，衣食有餘。連守兩郡，竭其俸入，以事鉛槧。每獲一書，即同共校勘，整集籤題。得書畫、彝鼎，亦摩玩舒卷，指摘疵病，夜盡一燭為率。故能紙札精緻，字畫完整，冠諸收書家。余性偶強記，每飯罷，坐歸來堂烹茶，指堆積書史，言某事在某書某卷、第幾頁第幾行，以中否角勝負，為飲茶先後。中即舉杯大笑，至茶傾覆懷中，反不得飲而起。甘心老是鄉矣，故雖處憂患困窮，而志不屈。收書既成，歸來堂起書庫大櫥，簿甲乙，置書冊。如要講讀，即請鑰上簿，關出卷帙。或少損汙，必懲責揩完塗改，不復向時之坦夷也。是欲求適意而反取憀慄。余性不耐，始謀食去重肉，衣去重采，首無明珠翡翠之飾，室無塗金刺繡之具，遇書史百家字不刓闕、本不訛謬者，輒市之，儲作副本。自來家傳《周易》、《左氏傳》，故兩家者流，文字最備。於是几案羅列，枕席枕藉，意會心謀，目往神授，樂在聲色狗馬之上。

至靖康丙午歲，侯守淄川。聞金人犯京師，四顧茫然，盈箱溢篋，且戀戀，且悵悵，知其必不為己物矣。建炎丁未春三月，奔太夫人喪南來。既長物不能盡載，乃先去書之重大印本者，又去畫之多幅者，又去古器之無款識者，後又去書之監本者，畫之平常者，器之重大者。凡屢減去，尚載書十五車。至東海，連艫渡淮，又渡江，至建康。青州故第，尚鎖書冊什物，用屋十餘間，期明年春再具舟載之。十二月，金人陷青州，凡所謂十餘屋者，已皆為煨燼矣。

建炎戊申秋九月，侯起復知建康府。己酉春三月罷，具舟上蕪湖，入姑孰，將卜居贛水上。夏五月，至池陽，被旨知湖州，過闕上殿。遂駐家池陽，獨赴召。六月十三日，始負擔，捨舟坐岸上，葛衣岸巾，精神如虎，目光爛爛射人，望舟中告別。余意甚惡，呼曰：「如傳聞城中緩急，奈何？」戟手遙應曰：「從眾。必不得已，先去輜重，次衣被，次書冊卷軸，次古器，獨所謂宗器者，可自負抱，與身俱存亡，勿忘也。」遂馳馬去。途中奔馳，冒大暑，感疾，至行在，病痁。七月末，書報臥病。余驚怛，念侯性素急，奈何病痁。或熱，必服寒藥，疾可憂。遂解舟下，一日夜行三百里。比至，果大服柴胡、黃芩藥，瘧且痢，病危在膏肓。余悲泣，倉皇不忍問後事。八月十八日，遂不起。取筆作詩，絕筆而終，殊無分香賣屨之意。

葬畢，余無所之。朝廷已分遣六宮，又傳江當禁渡。時猶有書二萬卷，金石刻二千卷，器皿、茵褥可待百客，他長物稱是。余有大病，僅存喘息，事勢日迫，念侯有妹婿任兵部侍郎，從會在洪州，遂遣二故吏先部送行李往投之。冬十二月，金人陷洪州，遂盡委棄，所謂連艫渡江之書，又散為雲煙矣。獨餘少輕小卷軸書帖，寫本李、杜、韓、柳集，《世說》，《鹽鐵論》，漢唐石刻副本數十軸，三代鼎鼐十數事，南唐寫本書數篋，偶病中把玩，搬在臥內者，巋然獨存。

上江既不可往，又虜勢叵測，有弟迒任敕局刪定官，遂往依之。到台，台守已遁。之剡，出睦，又棄衣被，走黃巖，雇舟入海，奔行朝。時駐蹕章安。從御舟海道之溫，又之越。庚戌十二月，放散百官，遂之衢。紹興辛亥春三月，復赴越。壬子，又赴杭。先侯疾亟時，有張飛卿學士，攜玉壺過視侯，便攜去，其實珉也。

不知何人傳道，遂妄言有頒金之語，或傳亦有密論列者。余大惶怖，不敢言，亦不敢遂已，盡將家中所有銅器等物，欲赴外廷投進。到越，已移幸四明。不敢留家中，並寫本書寄剡。後官軍收叛卒，取去，聞盡入故李將軍家。所謂巋然獨存者，無慮十去五六矣。惟有書畫硯墨可五七簏，更不忍置他所，常在臥榻下，手自開闔。在會稽，卜居土民鍾氏舍，忽一夕，穴壁負五簏去。余悲慟不得活，重立賞收贖。後二日，鄰人鍾復皓出十八軸求賞，故知其盜不遠矣。萬計求之，其餘遂牢不可出。今知盡為吳說運使賤價得之。所謂巋然獨存者，乃十去其七八。所有一二殘零不成部帙書冊，三數種平平書帖，猶愛惜如護頭目，何愚也邪！

今日忽閱此書，如見故人。因憶侯在東萊靜治堂，裝卷初就，芸籤縹帶，束十卷作一帙。每日晚，吏散，輒校勘二卷，跋題一卷。此二千卷，有題跋者五百二卷耳。今手澤如新，而墓木已拱，悲夫！昔蕭繹江陵陷沒，不惜國亡而毀裂書畫；楊廣江都傾覆，不悲身死而復取圖書。豈人性之所著，生死不能忘歟？或者天意以余菲薄，不足以享此尤物邪？抑亦死者有知，猶斤斤愛惜，不肯留人間邪？何得之艱而失之易也！

嗚呼！余自少陸機作賦之二年，至過蘧瑗知非之兩歲，三十四年之間，憂患得失，何其多也！然有有必有無，有聚必有散，乃理之常。人亡弓，人得之，又胡足道？所以區區記其終始者，亦欲為後世好古博雅者之戒云。

紹興二年玄黓歲壯月朔甲寅，易安室題

打馬圖經序

慧則通，通即無所不達；專則精，精即無所不妙。故庖丁之解牛，郢人之運斤，師曠之聽，離婁之視，大至於堯舜之仁，桀紂之惡；小至於擲豆起蠅，巾角拂棋，皆臻至理者何？妙而已。後世之人，不惟學聖人之道，不到聖處。雖嬉戲之事，亦得依稀彷彿而遂止者多矣。夫博者無他，爭先術耳。故專者能之。予性喜博，凡所謂博者皆耽之，晝夜每忘寢食，且平生隨多寡未嘗不進者何？精而已。

自南渡來流離遷徙，盡散博具，故罕為之。然實未嘗忘於胸中也。今年冬十月朔，聞淮上警報，江浙之人，自東走西，自南走北；居山林者謀入城市，居城市者謀入山林，旁午絡繹，莫卜所之。易安居士亦自臨安泝流，涉嚴灘之險，抵金華，卜居陳氏第。

乍釋舟楫而見軒窗，意頗適然。更長燭明，奈此良夜何？於是博奕之事講矣。

且長行、葉子、博塞、彈棋，世無傳者。若打揭、大小、豬窩、族鬼、胡畫、數倉、賭快之類，皆鄙俚，不經見。藏酒、摴蒱、雙蹙融，近漸廢絕。選仙、加減、插關火，質魯任命，無所施人智巧。大小象戲、奕棋，又惟可容二人。獨采選、打馬，特為閨房雅戲。嘗恨采選叢繁，勞於檢閱，故能通者少，難遇勍敵。打馬簡要，而無文采。

按打馬世有兩種：一種一將十馬者，謂之「關西馬」；一種無將二十馬者，謂之「依經馬」。流行既久，各有圖經凡例可考。行移賞罰，互有同異。又宣和間，人取兩種馬，參雜加減，大約交加僥倖，古意盡矣，所謂「宣和馬」者是也。予獨愛「依經馬」，因取其賞罰互度，每事作數語，隨事附見，使兒輩圖之。不獨施之博徒，實足貽諸好事，使千萬世後，知命辭打馬，始自易安居士是也。

紹興四年十一月二十四日，易安室序

打馬賦

予性專博，晝業每忘食事。南渡金華，僑居陳氏，講博弈之事，遂作《依經打馬賦》曰：

歲令云徂，盧或可呼，千金一擲，百萬十都。樽俎具陳，已行揖讓之禮；主賓既醉，不有博弈者乎？打馬爰興，樗蒱遂廢。實小道之上流，乃閨房之雅戲。齊驅驥騄，疑穆王萬里之行；間列玄黃，類楊氏五家之隊。珊珊佩響，方驚玉鐙之敲；落落星羅，急見連錢之碎。

若乃吳江楓冷，胡山葉飛，玉門關閉，沙苑草肥。臨波不渡，似惜障泥。或出入用奇，有類昆陽之戰；或優游仗義，正如涿鹿之師。或聞望久高，脫復庾郎之失；或聲名素昧，便同痴叔之奇。亦有緩緩而歸，昂昂而出。鳥道驚馳，蟻封安步。崎嶇峻坂，未遇王良；跼促鹽車，難逢造父。且夫丘陵云遠，白雲在天，心存戀豆，志在著鞭。止蹄黃葉，何異金錢。用五十六采之間，行九十一路之內。明以賞罰，覈其殿最。運指麾於方寸之中，決勝負於幾微之外。

且好勝者，人之常情；小藝者，士之末技。說梅止渴，稍蘇奔競之心；畫餅充飢，少謝騰驤之志。將圖實效，故臨難而不迴；欲報厚恩，故知機而先退。或銜枚緩進，已逾關塞之艱；或賈勇爭先，莫悟阱塹之墜。皆由不知止足，自貽尤悔。況為之不已，事實見於正經；用之以誠，義必合於天德。故遶床大叫，五木皆盧；瀝酒一呼，六子盡赤。平生不負，遂成劍閣之師；別墅未輸，已破淮淝之賊。今日豈無元子，明時不乏安石。又何必陶長沙博局之投，正當師袁彥道布帽之擲也。

辭曰：佛狸定見卯年死，貴賤紛紛尚流徙。滿眼驊騮雜騄駬，時危安得真致此？木蘭橫戈好女子，老矣誰能志千里，但願相將過淮水。

漢巴官鐵量銘跋尾注

此盆色類丹砂。魯直石刻云：「其一曰秦刀，巴官三百五十戊，永平七年第二十七酉。」余紹興庚午歲親見之。今在巫山縣治。韓暉仲雲。

【賞析】

李清照與夫婿趙明誠一生極愛金石書畫，本文所說的「紹興庚午歲」乃紹興二十年，李清照至蜀地，看見鐵製量器所刻的銘文。

賀人孿生啟

無午未二時之分，有伯仲兩楷之似。既繫臂而繫足，實難弟而難兄。玉刻雙璋，錦挑對褓。

【賞析】

此文作年不詳。這是用駢體寫成的短信，題旨是祝賀某家生了雙胞胎。一寫其幾乎同時降生，二寫其相貌無二。三四句寫因為孿生子相貌極像，母親採用以彩繩一繫於臂、繫於足的方法以便辨別。五六句則恭賀所生雙胞胎皆為「弄璋」之男，這在重男輕女的封建社會尤其是對方所樂聞的。此啟無甚大義，但可見作者閒文之一斑。

國家圖書館出版品預行編目（CIP）資料

四季選集／孫家琦編輯　一第二版.
一 新北市：人人, 2018.12
面；公分. 一（人人讀經典系列；18）
ISBN 978-986-461-168-3（精裝）

830　107017733

【人人讀經典系列 18】

四季選集

封面題字 / 羅時僖
書系編輯 / 孫家琦
排版設計 / 李瑞東
發行人 / 周元白
出版者 / 人人出版股份有限公司
地址 / 23145 新北市新店區寶橋路 235 巷 6 弄 6 號 7 樓
電話 /（02）2918-3366（代表號）
傳真 /（02）2914-0000
網址 / www.jjp.com.tw
郵政劃撥帳號 / 16402311 人人出版股份有限公司
製版印刷 / 長城製版印刷股份有限公司
電話 /（02）2918-3366（代表號）
經銷商 / 聯合發行股份有限公司
電話 /（02）2917-8022
第二版第一刷 / 2018 年 12 月
定價 / 新台幣 250 元
港幣 83 元

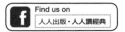